TRÊS MACACOS

TRÊS MACACOS

Stephan Mendel-Enk

Tradução de
DINA LUND

1ª edição

EDITORA RECORD
RIO DE JANEIRO • SÃO PAULO
2014

CIP-BRASIL. CATALOGAÇÃO NA FONTE
SINDICATO NACIONAL DOS EDITORES DE LIVROS, RJ

M489t   Mendel-Enk, Stephan, 1974-
    Três macacos / Stephan Mendel-Enk; tradução de Dina Lund.
    – 1. ed. – Rio de Janeiro: Record, 2014.

    Tradução de: Tre apor
    ISBN 978-85-01-09510-7

    1. Ficção sueca. I. Lund, Dina. II. Título.

                                CDD: 839.73
13-05008   CDU: 821.113.6-3

Título original em sueco:
TRE APOR

A tradução desta obra contou com o subsídio do Swedish Arts Council

Copyright © Stephan Mendel-Enk, 2010
Publicado mediante acordo com Salomonssom Agency.

Texto revisado segundo o novo Acordo Ortográfico da Língua Portuguesa

Todos os direitos reservados. Proibida a reprodução, no todo ou em parte, através de quaisquer meios. Os direitos morais do autor foram assegurados.

Direitos exclusivos de publicação em língua portuguesa somente para o Brasil adquiridos pela
EDITORA RECORD LTDA.
Rua Argentina, 171 – Rio de Janeiro, RJ – 20921-380 – Tel.: 2585-2000, que se reserva a propriedade literária desta tradução.

Impresso no Brasil

ISBN 978-85-01-09510-7

Seja um leitor preferencial Record.
Cadastre-se e receba informações sobre nossos
lançamentos e nossas promoções.

EDITORA AFILIADA

Atendimento e venda direta ao leitor:
mdireto@record.com.br ou (21) 2585-2002.

Agradeço a Malin

HAVIA DOIS DIAS que vovó estava no necrotério e ninguém tivera a ideia de pedir ao rabino que abençoasse o local.

O semáforo em frente ao hospital Sahlgrenska tinha acabado de passar para o verde quando tia Laura se deu conta daquilo. Mamãe abriu a janela e acendeu um cigarro branco e fino com um isqueiro folheado a ouro. Ela não assumiria essa culpa. Tinha informado aos familiares e preparado a recepção. No entanto, segundo ela, havia no carro uma pessoa que não tinha nada para fazer durante o dia. Talvez ela pudesse telefonar para o rabino, se agora, de repente, isso havia se tornado tão importante.

Tia Laura se inclinou sobre mim e Mirra e deu um soco nas coxas de nossa mãe. Vovô disse para se acalmarem, e Rafael acelerou na subida para Guldheden, atravessou a cidade, passando pelo terminal do ônibus número três, pela estreita passagem até o cascalho do estacionamento.

Um vento leve soprava sobre as pedras que salpicavam os túmulos no cemitério judaico de Gotemburgo. Finas gotas de chuva pairavam no ar.

Moshe Dayan encostou a vassoura na parede da capela. Com seu único olho, piscou de maneira longa e simpática, em consideração ao funeral. Ele tinha mais de 80 anos, cabelos brancos e curtos, longos dedos calejados. O tapa-olho de pirata era a única coisa que tinha em comum com o verdadeiro Moshe Dayan.

Poderíamos ficar a sós por dez minutos, disse ele. Nada de fotos, nem cigarro, *ferstejn*?

A maçaneta enferrujada foi pressionada, e as duas portas da capela de um tom marrom-escuro foram abertas. Tudo parecia menor, mas era exatamente como eu lembrava. O cheiro de madeira úmida, a grande estrela de davi na parede, e o brilho amarelo por trás dela.

Da última vez estava bem cheia, as pessoas agrupadas ao longo das paredes e o ar tão pesado que embaçava as janelas. Agora a capela estava vazia. Em frente à estrela de davi, vovó estava deitada no caixão, que tinha a tampa aberta. Sua pele seca pendia sobre as maçãs do rosto. Mamãe e tia Laura se sentaram, as testas se tocando, cada uma de um lado da parte superior do caixão. Abraçaram-se, regando a pele fina da vovó com suas lágrimas. Cada uma delas pegou um dos braços sem vida, ambas elogiaram as unhas bem-feitas, acariciando as mãos que haviam trabalhado nas terras do porto de Trelleborg e copiado receitas da revista semanal *Hemmets veckotidning*.

— Queria beijá-la, posso beijá-la? O que diz a Torá, Rafael?

Laura baixou a cabeça, de modo que estivesse a apenas alguns centímetros do rosto da mãe. Como não recebeu nenhum sinal de confirmação, concluiu que era permitido. Manteve as mãos no rosto da vovó, encheu suas bochechas com marcas de batom e depois as limpou com o polegar.

Depois ela retirou da bolsa uma câmera portátil cinza. Apertou algumas vezes o botão, e nada aconteceu. Subiu na cadeira, mas a câmera continuou a não funcionar, e de nada adiantou chacoalhá-la. Limpou as lentes com a manga da jaqueta e disse que deveria ter trazido a sua Polaroid.

Mamãe procurou sua própria câmera na bolsa e disse que a pronúncia correta da marca era Paul-é-roid.

— Pola-ro-id, querida Debbele.

— Paul-é-roid — disse mamãe. Era uma marca americana. Deveria falar em inglês.

Tia Laura informou a mamãe que tinha morado por trinta anos em Nova York e que, se realmente fosse pronunciado dessa maneira *mishiggine*, ela saberia disso. Sem levantar os olhos da bolsa, mamãe disse que com certeza teria aprendido, se tivesse se encontrado frequentemente com outras pessoas. Em um local de trabalho, por exemplo.

Meu relógio marcava pouco mais de quinze para as onze. Os dez minutos que Moshe Dayan nos prometera já tinham se passado. Tia Laura tinha ficado de cócoras na cadeira e pediu que eu e meus irmãos ficássemos atrás do caixão.

— Sua mãe é muito esperta. E pensar que se pode ser tão bom em inglês morando em Gotemburgo — disse ela, imitando o sotaque de mamãe sem conseguir parar de rir.

As narinas e os olhos de minha mãe aumentavam, milímetro a milímetro. Seu queixo foi indo para a frente e, de repente, ela lançou um soco em direção à irmã, que logo recuou. Laura tropeçou, mas colocou uma das mãos no encosto da cadeira, e por um instante parecia que estava recuperando o equilíbrio. No momento seguinte, caiu de cara no caixão.

Tudo estava em ordem quando a cerimônia começou, meia hora mais tarde. As irmãs da vovó estavam lá com suas famílias. Os tios de chapéu se sentaram de pernas abertas com suas bengalas à frente, e senhoras com perfumes doces distribuíam lenços. Na parede do fundo, à curta distância de mamãe, estavam pessoas que não via há mais de uma década.

Depois das orações, o rabino elogiou os bolos e as tortas da vovó — muitas vezes mandados para os *kiddusch* de sábado da congregação — e seu desempenho no jogo de cartas judaico. Lenços sujos caíam ao chão e novas caixas entravam em uso.

Fui um dos sete homens que carregaram o caixão através do cemitério. Subimos o morro e paramos numa cova logo acima do estacionamento. Quando foi a minha vez de jogar terra sobre o caixão, esforcei-me para ver o rosto da vovó, mas tudo foi ofuscado pela lembrança da última vez em que tinha passado por esse ritual. Lembrei-me da longa caravana de pessoas que estava atrás de mim quando levantei a pá daquela vez. A neblina de inverno que sobrecarregava o céu, os abraços dos adultos. Nos ligue quando quiser. Vamos nos encontrar. Traga sua irmã.

Entreguei a pá para o próximo. O vento agitou os ramos nus que separavam nosso cemitério dos cemitérios adjacentes.

O *BOULKE* COM SEMENTES de papoula era usado para limpar os resíduos dos pratos. O salmão tinha acabado rapidamente, assim como a salada de ovo e o *gehackt* que a tia Betty trouxera.

Uma toalha acetinada cobria a mesa. Os castiçais de prata escurecida estavam ao centro.

O saleiro e o pimenteiro eram novos, e passaram a refeição inteira ociosos ao lado da taça de vinho do pai Moysowich. O *sidur* aberto encontrava-se diante de Rafael, que havia arregaçado as mangas da camisa e colocado um braço sobre o encosto da cadeira do vizinho. Em sua mão livre segurava um pãozinho *boulke*, e às vezes tirava pedaços dele e o colocava na boca.

Mamãe usava um vestido de tecido preto um pouco brilhante e pulseiras que tilintavam alto quando se inclinava sobre a mesa.

Ingemar usava uma gravata de listras diagonais e uma calça azul-escura. Às vezes dava uma volta ao redor da mesa e verificava se tudo estava como deveria. Sempre que passava pelo meu lugar, ajeitava o tapete debaixo da mesa com o pé.

Uma turma, no canto da mesa, havia começado sorrateiramente a comer os biscoitos de coco, feitos pela mãe Moysowich, que estavam em cima do armário azul de bebidas. Tia Laura abriu o armário e tirou um monte de garrafas, e meu cálice de *kiddusch* arranhado que encontrou lá dentro. Ela perguntou o que havia acontecido com ele, mas não recebeu resposta.

Saídos dos porta-guardanapos, os guardanapos cor-de-rosa haviam sido jogados de maneira que cobriam parcialmente os talheres cruzados. Uma bandeja com leite, açúcar e pequenas xícaras fora trazida da cozinha.

No quarto do andar superior, o vovô tirava sua soneca da tarde. O quarto de Mirra ficava logo ao lado. A porta estava aberta. Almofadas da cor de damasco formavam uma pilha sobre a colcha florida. A escrivaninha ficava perto da janela e seus diários estavam na gaveta de baixo.

Peguei uma pilha de cadernos e os coloquei no chão. Todos pareciam iguais. Nas capas, havia garotas loiras com chapéu de palha; na parte de dentro, as margens cheias de palavras em letras redondas e de princesas de cabelos encaracolados.

Encontrei o caderno azul-claro no meio da pilha. Sabia vários trechos de cor. O texto estava cheio de observações infantis, que tinham um novo sentido depois do ocorrido: "No ensaio de Jacó, a mãe e o pai estavam de mãos dadas", "Hoje o chefe de mamãe jantou conosco", "Papai disse que talvez devêssemos ir visitar Rafael depois do Chanuca, talvez até passarmos as férias de Natal inteiras por lá!"

Apesar dos anos que passaram, mamãe continuava monossilábica ao falar sobre o passado, ainda atravessava a rua quando via algum de seus velhos amigos da congregação ou do asilo dos velhos judeus, confusa e atordoada além de todos os limites.

Ainda estava sentado no chão com os diários em torno de mim, quando ouvi um grito vindo do andar de baixo.

FIZ MEU BAR MITZVAH duas semanas depois de completar 13 anos. Foi no início de agosto. No jardim havia um forte cheiro de rosas, e fomos para a sinagoga com as janelas do carro abertas.

Morávamos num sobrado amarelo-claro a quase 10 quilômetros do centro. Dois andares, com mobiliário marrom, sofás macios, discos de gramofone italianos, a sopa de frango da mamãe no congelador embalada em porções individuais, livros, álbuns de fotos, catálogos de lojas, revistas em quadrinhos espalhadas para todos os lados na estante, *mezuzot* nos batentes, fotos de violinistas barbudos e lâmpadas amarelas que apontavam para fora dos abajures.

Mamãe e papai tinham comprado a casa alguns meses antes de Mirra nascer. Rafael ficou com um quarto próprio, e eu tive que dividir o meu com um berço que logo pertenceria a meu mais novo irmão. Eu lembro que a caixa de ferramentas de meu pai estava sempre à vista durante os primeiros meses que vivemos na casa, e que fizemos uma guerra de bolas de neve quando a primeira neve caiu no jardim. Uma noite, quando acordei e, com passos rápidos, atravessei o corredor para me deitar entre minha mãe e meu pai, mas a cama deles estava vazia. Chamei por eles mas até que ouvi Rafael gritando para que eu me deitasse ao seu lado. Bem cedo pela manhã papai nos acordou; estava inclinado sobre nós com roupas pesadas de inverno e nos disse que tínhamos ganhado uma irmãzinha.

Logo depois que nos mudamos para a região, a área foi enchendo de judeus. A família Grien comprou uma casa do outro lado da pequena floresta, Kreutz e Moysowich se mudaram para a quadra depois do parque e nossos amigos mais próximos, Bernie e Tereza Friedkin, adquiriram uma casa de tijolos a menos de quinze minutos de caminhada da nossa.

Mamãe tinha um trabalho de meio expediente num escritório perto da Avenyn e cursava o ensino médio à noite. No segundo ano do ensino médio ela largou a escola e foi de carona até Roma. Depois de apenas alguns meses, já havia conseguido um emprego como garçonete e conheceu Gigi, um ator de cabelos compridos que dirigia uma motocicleta. Depois de mais alguns meses, ela estava grávida. Casaram-se na prefeitura da cidade, perto da Piazza Nuova, e todos os amigos do teatro de Gigi foram testemunhas deste casamento.

Depois que Rafael nasceu, vovó pediu que mamãe escrevesse para ela toda semana. Mamãe escreveu sobre o primeiro sorriso dele, o primeiro dente, que às vezes ele acordava e gritava à noite, que conseguia ficar sentado em silêncio durante horas brincando com uma carteira ou um molho de chaves enquanto ela cuidava das roupas. Ela não contava como seus dias se tornaram repetitivos. Que não consistiam em muito mais do que preparar o café da manhã, lavar as roupas, ir à mercearia, fazer o almoço e empurrar o carrinho de bebê ao longo das ruas desertas para que Gigi pudesse dormir a sesta. Nem que às vezes ela encontrava vestígios de rímel nos lençóis quando fazia a cama à tarde.

Vovô e vovó foram visitá-los alguns dias antes do terceiro aniversário de Rafael. Jantaram num restaurante do bairro.

Assim que vovô terminou de comer, vovó disse a ele para ir com Rafael até a fonte na praça em frente ao restaurante. Ela se sentou ao lado da mamãe, de modo que ambas estivessem diante da praça e pudessem ver as crianças perseguirem os pombos sobre os antigos paralelepípedos. Vovô e Rafael compraram um pequeno saco de papel marrom com sementes para jogar para as aves. Minha avó perguntou a minha mãe como ela estava, não acreditou em sua resposta e levantou seus óculos de sol.

Gigi trabalhava e não estava em casa quando chegaram ao apartamento. Vovó e vovô ajudaram mamãe a carregar suas malas até a rua.

Em Gotemburgo, mamãe e Rafael se mudaram para o apartamento de vovó e vovô em Odinsplatsen. Pouco mais de um ano depois, vagou um apartamento de um quarto na Tredje Långgatan.

Papai estudava medicina nessa época. Um dia, voltando para casa ao sair do hospital, viu mamãe passando na rua pela janela do bonde. Ele a reconheceu da congregação, haviam frequentado a mesma escola de hebraico, mas como ela era alguns anos mais velha, nunca tinham se falado. Ele saltou do bonde, correu atrás dela e perguntou se queria ajudar num festival da juventude judia que ele e uns amigos estavam organizando.

No último dia do festival, eles ficaram juntos. Uma foto grande onde aparecem sentados, abraçados, bronzeados e sorridentes, cercados por outros participantes do festival, ficou pendurada por anos acima da máquina de lavar. Ela dividia uma tachinha com uma foto de cabine automática na qual eu, Rafael e Mirra estávamos todos mostrando a língua.

Mamãe e papai continuaram a se envolver em coisas relacionadas à congregação. À noite a sala de nossa casa muitas vezes ficava cheia de amigos que se recostavam no sofá. Planejavam encontros de família, torneios de futebol e grandes jantares de *Shabbes*. Às vezes recebiam a companhia de algum russo renegado ou a visita de algum pesquisador americano em blazer de veludo cotelê que ficaria para dormir.

Minha porta estava sempre entreaberta e eu ficava com o rosto virado para a réstia de luz ouvindo as vozes do andar de baixo: inglês, sueco, algumas palavras em iídiche e hebraico que subiam pelas escadas junto com a fumaça de cigarro, misturadas com o som da TV e a respiração profunda de Mirra.

Pelo menos uma vez por semana, quando meu pai trabalhava à noite e minha mãe tinha aulas, meus avós cuidavam de nós. Vinham com o carro totalmente carregado com remédios para o estômago, adoçante, revistas, chinelos, tigelas de plástico e pedaços de chocolate. Depois do jantar faziam chá na cafeteira e se sentavam em frente à TV. Às vezes meus avós paternos vinham cuidar da gente e, em outras ocasiões, vinham todos e aplaudiam a mim e a Mirra, que nos vestíamos e nos apresentávamos na sala de estar.

No verão, depois que se graduou, Rafael se mudou para Israel. Lemos seus aerogramas em torno da mesa da cozinha e colocamos uma foto dele, vestido de soldado, na geladeira. Mirra escrevia para ele em seu velho papel de cartas do Snoopy, contava como estava o nosso time e relatava quais eram as melhores músicas do momento. No segundo ano, Mirra começou a dançar. No terceiro, foi para o pequeno grupo de crianças que treinavam no Storan, o grande teatro de Gotemburgo. Mamãe tinha concluído sua formação e depois de alguns empregos foi selecionada entre centenas de candidatos para o cargo de assistente executiva na Câmara de Comércio Sueca. Papai saiu no jornal, defendeu sua tese em medicina e recebeu seu doutorado numa cerimônia na prefeitura da cidade.

À tarde, quando seu colega ligou, eu estava sentado à escrivaninha em meu quarto. Estava sozinho em casa e tentava colocar um rolo de filme numa câmera que tinha ganhado no meu bar mitzvah. Depois de dois toques, levantei-me e corri cerca de dez passos até o telefone na sala. Ele ficava sobre um pedestal de madeira pintada de branco ao lado de um sofá verde com botões forrados. Peguei o telefone e me sentei no braço do sofá. A voz do outro lado perguntou se minha mãe estava em casa. Então, ele se apresentou.

Na segunda vez que o colega falou seu número, apanhei uma caneta para anotar. Peguei a agenda de telefone que estava na prateleira. Quase toda a capa estava cheia de números rabiscados e personagens de desenhos animados. Escrevi os seis dígitos no canto superior direito. Quando desliguei, rasguei o canto, desci do sofá e coloquei o papel no banco da cozinha em frente ao rádio.

EU ME LEVANTEI DO CHÃO e desci as escadas. Mirra tinha gritado. Ela estava perto da janela da sala de estar. Seus dedos batiam contra o vidro. O carro do vovô, repetiu ela. Do lado de fora, na rua. Ela o tinha visto passar.

Eu estava ao lado dela. Tinha certeza de que havia se enganado. Todos os outros também. Suspiros e risos se espalharam pela sala como evidência do quão verossímil o testemunho dela foi considerado. Em seguida, talvez meio minuto depois, vovô apareceu na cerca da frente, com sua bengala e seu casaco, apoiado em tia Irene, indo em direção à casa.

Ele recebeu ajuda de Irene para tirar o casaco. Seus lábios estavam apertados. Sua linguagem corporal lembrava Yitzhak Rabin, quando foi forçado a apertar a mão de Arafat em frente à Casa Branca. Chamou a mim e a Mirra, deu-nos um abraço apertado, respirou fundo e mancou até a sala.

Colocou-se no meio do cômodo, limpou seus óculos de aro preto com a camisa e disse que não começaria enquanto todos não prestassem atenção. Isso foi claramente endereçado à mamãe. Apesar de estar na casa dela, isso não afetaria sua decisão de nunca mais pronunciar seu nome. Ficou um bom tempo no mesmo lugar, balançando-se um pouco sobre o quadril torto.

Mamãe desceu do banheiro com uma nova camada de batom nos lábios. Um sorriso que não parecia forçado, como decerto era naquela situação. Vovô estava de cabeça baixa olhando para o chão, enquanto mamãe se sentava na poltrona. Ingemar estava atrás, segurando com firmeza o encosto do sofá.

— Bem — disse vovô em tom baixo.

Do bolso interno do casaco ele tirou um papel dobrado que lentamente desenrolou. Pigarreou e começou a ler.

A LOJA DE Bernie Friedkin era longa e estreita, com prateleiras profundas em todas as paredes e expositores giratórios no chão. Nos fundos, atrás do balcão, havia uma pequena sala com fogão e geladeira. Sobre a mesa havia uma tigela de doces e um cinzeiro grande em tons pastel com logotipos de diferentes marcas. Bernie segurava a tigela pelo pé, olhava para o fundo inclinado e deixava girar em sua mão.

Bernie era o amigo mais velho de meu pai. Cresceram a apenas alguns quarteirões de distância e dividiram um apartamento quando meu pai estudava medicina. Ao longo dos anos, Bernie havia trabalhado numa firma que restaurava móveis e, desde então, os membros da congregação vinham a ele quando tinham algo que precisava ser reparado. Ele costumava dar a volta pelo pequeno estabelecimento, ir para trás do balcão e imitar a maneira de eles falarem, com um sueco cheio de sotaque. Bernie, me ajude com os castiçais da vovó. Bernie, dê uma olhada no prato do *Sêder* da vovó. Como se não tivesse mais nada para fazer. Como se a loja de roupas fosse apenas uma desculpa para brincar com suas relíquias antigas. Às vezes subia numa cadeira, tirava uma caixa da prateleira de cima e batia com ela na mesa para que o pó se espalhasse em nuvens. A caixa estava cheia de *menorot, chanukiot* com braços faltando, colares que não podiam ser fechados, e Bernie costumava apontar para o lado onde a palavra "congregação" estava escrita com tinta verde, e dizia que um dia mudaria o texto para "lixo".

A tigela brilhava sob a lâmpada. Entre as sobrancelhas de Bernie, sua testa enrugava. Colocou os óculos e pegou de um nécessaire transparente um tubo amarelo e uma pequena escova preta, a qual segurou entre o polegar e o indicador para trabalhar num fluido viscoso, que corria ao longo da tigela.

Papai olhava com os cotovelos sobre a mesa e as mãos juntas diante do queixo. As pessoas frequentemente diziam que éramos parecidos e, por vezes, eu podia achar o mesmo. Tínhamos os mesmos olhos castanho-esverdeados e sobrancelhas tensionadas quando estávamos concentrados. Seu rosto era um pouco mais alongado do que o meu, mas tinha herdado seu nariz largo e o irritante cabelo crespo e grosso, que não se prestava a fazer nenhum dos penteados que eu desejava.

Quando a máquina de café atrás dele parou de ferver, Bernie serviu a si próprio e a meu pai e, em seguida, pegou uma caixa de suco da geladeira. Corri para detê-lo. Também queria tomar café e fiz questão de que soasse como se fosse a coisa mais normal a se dizer. Bernie olhou para o meu pai um longo instante até me servir.

Da pilha de jornais sob a mesa, peguei o *Expressen* de alguns dias atrás e folheei até o caderno de esportes.

Bernie e meu pai conversavam em voz baixa. Sobre um apartamento que poderia ser alugado, o preço de coisas que poderiam ser compradas, quando meu pai voltaria ao trabalho. Faltavam apenas algumas semanas até as grandes festas. e papai se desculpava por não poder fornecer informações sobre em qual noite iríamos comemorar com a família de Bernie, pois precisava falar com mamãe sobre isso. Bernie disse que Teresza tinha ligado novamente, mas que mamãe havia desligado o telefone na cara dela. Eles falavam tão baixo que quase sussurravam. O nome de Ingemar veio à tona e pude sentir meu pai olhando para mim.

A colher de chá de Bernie raspava o fundo da xícara. Depois de ficar em silêncio por um tempo, começou a falar sobre uma mulher que tinha ido à loja. Reconheci o nome dela, era alguma velha amiga ou uma enfermeira que trabalhara com meu pai, e tive que me esforçar para parecer que o jornal devorava toda a minha concentração. Passei com cuidado por todos os resultados das partidas. Inglaterra divisão I. Suécia divisão II (região central). Campeonato Alemão. Werder Bremen-Vfb Stuttgart 5-0. FC Köln-Leverkusen 0-0. Nuremberg-Waldof Mannheim 1-1.

— O que há de errado com ela? — perguntou papai.

1-0 Andersen (27), 1-1 Neun (28). Público: 22 mil.

— Eu disse que ela poderia telefonar.

Meu pai não disse nada. Quando olhei para cima vi que Bernie estava sentado com o dedo médio na boca e o indicador apoiado sobre o nariz. Estava com a cabeça inclinada em direção à porta da loja. A luz forte brilhava através dos vidros em forma de losângo das portas, e dava para ouvir o auxiliar pendurando a roupa lá do outro lado. Os cabides de aço tilintavam uns contra os outros sobre as araras.

Quando Bernie percebeu que eu olhava para ele, balançou a cabeça, como se tivesse acordado de um sono profundo, e, em seguida, bateu a mão sobre a mesa. O que devemos fazer com o seu pai?, perguntou-me. Tinha sido sempre assim desde que eram pequenos. Alguns tinham que dar a vida pelas meninas e elas nem percebiam sua existência, mas ele — Bernie levantou o indicador para papai — apenas batia os cílios para que viessem como um enxame de gafanhotos pululantes do Egito. Garotas iídiches, *shikses,* de todo tipo, e ele sempre muito exigente.

— Às vezes me perguntava se ele era um pouco... — Bernie virou a mão esquerda de lado. — Você sabe. — Os olhos se estreitaram, um sorriso irônico apareceu em sua boca. — Um *fejgele*, talvez os garotos lhe apeteçam, talvez seja um desses que devemos arrumar para ele.

Papai levantou sua xícara de café, sorriu e fingiu que era uma sugestão que deveria ser estudada seriamente.

NA CASA DE Mame e de vovô jantávamos às sete horas. Às sete e meia assistíamos ao noticiário para ver se havia algo sobre Israel.

Vovô observava com uma ruga profunda entre as sobrancelhas e as mãos prontas para um soco, caso a notícia fosse ruim. Ele e os outros adultos sempre estavam confiantes de que seriam.

Haviam explicado que era um momento turbulento. Um momento perigoso. Incerto. Não conseguia me lembrar de que tivessem dito outra coisa. Havia sempre uma incerteza extra, energia extra, um perigo extra, a situação no Knesset sempre estava extrainstável e era sempre liderada por um primeiro-ministro incompetente. Yitzhak Shamir era um anão histérico e Shimon Peres não podia incutir respeito nem mesmo num voluntário escandinavo de esquerda com seus olhos de cão *nebechdicke*.

Ao lado do sofá na sala de estar havia um piano. A parede oposta estava coberta por uma estante marrom. Havia centenas de livros nela. Livros de fotos coloridas de quando Israel completou 20, 25, 30 e 35 anos. Uma prateleira com uma série de títulos como *O conflito árabe-israelense* e *As guerras árabe-israelenses*. Livros sobre a arte e a culinária israelenses. Brochuras finas sobre a flora e fauna de Israel emperradas entre livros sobre os primeiros sionistas: memórias de Ben-Gurion, *Minha vida*, de Golda Meir, *The Story of*

My Life, de Moshe Dayan, e uma publicação comemorativa da televisão estatal israelense, *15 Years of High Quality Entertainment!*.

Mame andava para lá e para cá atrás da cadeira do vovô, resmungando suas previsões sinistras. Logo acabaria. Tinha certeza. Conseguia ler nas entrelinhas e ver os sinais nos telejornais. Israel seria exterminado. A qualquer momento as ameaças dos países vizinhos iam se concretizar, Israel desapareceria, e no mesmo segundo os nazistas acordariam de sua letargia e, tal qual um enxame de vespas irritadas, invadiriam a Europa. Viriam pela Autobahn, sobre o mar Báltico e haveria um rugido sob as colinas de Slottsskogen, contornaria a loja de tabaco da esquina, passaria pela porta, entraria no apartamento e derrubaria a estante, tiraria cuidadosamente as colunas de Per Ahlmark[1] da geladeira, esvaziaria o rifle azul e branco na moldura da janela e colocaria um ponto final sangrento em nosso confuso passeio pela liberdade.

O apartamento era constituído de três cômodos. Vovô e Mame dormiam num quarto longo e estreito, com tapete azul e fotos em preto e branco sobre a cômoda arredondada. Numa delas papai estava com 3 anos e Irene com 6. O cabelo dela era encaracolado e não tinha os dentes da frente. Papai estava sentado numa mesa ao lado com uma gravata-borboleta e o cabelo esticado. Do outro lado da sala de estar ficava o quarto que meu pai compartilhara com Irene quando era pequeno e para onde, agora, havia se mudado novamente. Havia também a escrivaninha em que o vovô escrevia o jor-

---

[1] Escritor e ex-político sueco, conhecido por suas opiniões pró-Israel e contra o antissemitismo. (*N. do E.*)

nal da congregação e sobre a qual estava o único telefone do apartamento. Quando o noticiário terminou, meu pai foi lá para telefonar. Mame voltou à cozinha para lavar a louça.

Eles tinham TV a cabo e eu ficava indo e voltando entre a MTV e a Eurosport. O controle remoto era maciço e ficava envolto numa capa plastificada. Vovô olhou ansiosamente para mim enquanto eu lutava para conseguir apertar o botão desejado contra o plástico. Inclinou-se um pouco, como se quisesse dizer alguma coisa, mas seu quadril vacilou e ele caiu para trás em sua cadeira.

Foi o trabalho que estragou seu quadril. Por trinta anos ficou sentado num carro, cinco ou seis dias por semana, e dirigia por toda a Escandinávia com o banco de trás carregado de botões. Os negócios floresceram nos anos 1950, depois veio o zíper e estragou tudo. O zíper foi o maior golpe já visto contra as donas de casa ocidentais, dizia meu avô. Bastava algum daqueles pequenos pinos quebrar e você tinha que jogar fora as calças inteiras. Comparado com um botão, que poderia cair e ser costurado de volta quantas vezes fosse necessário. E quantas variações existiam! Dois furos, quatro furos, metal, madeira, pedra, triangular, retangular, ou até longos e estreitos como os botões de casaco de marinheiro.

Todos os móveis do apartamento foram comprados no auge do botão. Nada nunca foi trocado e as coisas não mudavam de lugar com facilidade. Havia uma sacada aonde ninguém ia e um gramofone que nunca tinha sido usado. Uma vez ganharam do papai e da mamãe um LP de presente de Chanuca. Colocaram o disco atrás do aparelho de som, como se fosse um quadro. Eu gostava de uma das músicas do disco e costumava mandar Mirra perguntar a Mame se não poderíamos ouvi-la, só uma vez. Tanto quanto ouvir a música, queria ver os botões do estéreo acenderem e o disco girar.

— Pergunte a ela quando será um momento adequado — disse para Mirra na primeira vez que ela voltou com a resposta de Mame. Na ocasião seguinte eu disse: "Diga que vamos pegar de volta se eles não têm a intenção de ouvir." Foi a última vez, porque isso deixou Mame com tanta raiva que ela saiu da cozinha, pegou o disco das minhas mãos e o colocou de volta atrás do gramofone.

Tanto ela quanto meu avô falavam iídiche quando ficavam com raiva. Eu não gostava de iídiche. Havia alguma coisa constrangedora no idioma. A palavra para peido, por exemplo, é *fortsch*. Não entendia a ideia de ter uma palavra que soava tão repugnante quanto o fenômeno descrito. *Fortsch*. Cada vez que falava era como se o ato tivesse sido cometido.

Vovô tirou o controle remoto de minha mão. O movimento brusco fez com que ele grunhisse. Sentou-se em silêncio para se recuperar, depois, sem falar nada, apertou um botão e a tela ficou preta.

Ele se virou para mim. Minhas mãos estavam sendo apertadas pela pele macia de suas palmas. Quando eu era mais jovem, ele costumava segurar meus braços com um aperto de sua mão pesada, me levantar e colocar-me em seu colo. Ele tinha grandes lábios macios que faziam a festa em minha face. Depois nosso cheiro era igual ao de um esfregão. Meu avô se recusava a dar a seus lábios quaisquer restrições. Não se incomodava em nada com o fato de eu sempre lutar para me soltar. Meu avô não considerava atração mútua como uma base necessária para expressões físicas de amor.

Às vezes ele tinha histórias para contar. Normalmente começava de forma cronológica e compreensível, mas ele se perdia rapidamente em digressões sobre as pessoas que tinha conhecido há muito tempo, numa piada da qual não lembrava o fim, conflitos não resolvidos com fornecedores gananciosos; Mame balançava a cabeça e dizia que estava tudo errado, que parasse de mentir para o garoto, e ele resmungava e dizia, o que é que você sabe, isso foi muito antes de te conhecer, e aí começavam a discutir em iídiche.

Agora meu avô queria ouvir os mais recentes acontecimentos da relação que havia sido descoberta entre a minha mãe e o chefe dela. Acima de tudo, queria saber se disseram qualquer coisa sobre adquirir uma árvore de Natal. Ainda faltavam muitos meses até o Natal, mas meu avô estava preocupado porque sabia quão rapidamente poderia se transformar alguém num habitante de Västerås, se não prestasse atenção.

Para o meu bar mitzvah vieram várias pessoas de Västerås. Era nessas ocasiões que elas apareciam. Aniversários de 50 anos, casamentos e funerais. Todas as famílias tinham seus momentos. Parentes distantes que se assimilaram e viviam em alguma estranha cidade do campo sueco. Tinham um aperto de mão seco, nomes como Björn e Ulrika e eram ou abstêmios ou completos alcoólatras.

Uma árvore de Natal parecia inofensiva, mas poderia ser a primeira peça de uma série que, quando caísse, levaria todo o resto consigo... para o precipício do vale da solidão e do vazio, através do silêncio frio e da escuridão da falta de raízes até que, uma manhã, acordássemos com os olhos vazios e o centro de Västerås do lado de fora da janela.

O olhar sério do vovô e o tom ameaçador de sua voz deixavam até a mim preocupado, mas jamais admitiria. "Ele pode muito bem enfeitar a árvore se quiser", falei simplesmente. O vovô olhou para mim sem dizer nada. Depois de um tempo, lembrou-se de uma história sobre um homem judeu cujo filho queria se tornar cristão. Vovô queria muito me contar, mas se confundiu no começo e já não conseguia lembrar se era o filho que queria falar com o pai ou o pai que estava falando com Deus. Levou a mão à testa e me pediu para esperar.

Mame abriu a porta da cozinha e disse que eu podia ir enxugar a louça.

Ela esfregava um prato com uma escova de lavar louças. No mesmo lugar repetidas vezes. Palavrões saindo pelo canto da boca.

Seus dedos eram pequenos e gordinhos como picles. As unhas estavam pintadas com um vermelho forte e escuro e terminavam um bom pedaço abaixo das pontas dos dedos. Ela teve uma doença que deixou suas mãos trêmulas. Tão trêmulas que não podia mais tocar piano. Era uma tragédia, dizia. Sem música, ela era apenas uma pessoa pela metade.

Mas o tremor não a fez parar de pintar. De manhã, ela se sentava à mesa da cozinha e desenhava maçãs, a vista para o pátio ou algo que fantasiasse. Nunca lhe disse que eu também costumava desenhar. Eu não queria ser igual a Mame. Ela era meio doida. Seus modos à mesa eram catastróficos. Sons densos saíam dela enquanto comia. Ela falava enquanto a comida ainda passava por sua garganta. Era difícil saber se estava engolindo ou prestes a vomitar. Quando tirava um osso de frango da boca, ela se debruçava sobre o prato e cuspia. E nem nessa hora parava de falar. Sempre sobre coisas terríveis, coisas graves, os princípios aos quais ela era fiel, pessoas que ela realmente tinha visto.

A cor de seu rosto ficava mais escura conforme falava. Ela sempre soube que mamãe não era a mulher certa para o papai, dizia. Ela o tinha aconselhado, mas ele não ouviu. Ninguém na verdade dava ouvidos a ela. Achavam que poderiam tratá-la de qualquer maneira. Minha avó materna, em quem ela confiava. Meu avô materno, a quem ela tanto admirava. Os dois tinham falhado com ela. Eles deveriam ter aconselhado a filha deles, ela me disse. E não colocar fogo em sua *mishigaz*.

Mame deixou cair a escova na água de modo que a espuma espirrou por toda a pia. Agarrou-me pela camiseta e disse que ela nunca iria olhar nos olhos dos meus avós maternos novamente. Ela sibilou as palavras e olhou para mim. Eu queria olhar para o lado, mas não me atrevi.

— Ele devia ter me ouvido. Desde o início eu sabia como iria acabar. Ouça o que eu digo, *Cojbele*. Desde o início!

— NA QUALIDADE de presidente... — Vovô começou e imediatamente reiniciou, porque Betty disse que não tinha ouvido.

— Como presidente do conselho disciplinar para a sociedade funerária *Chevra Kadisha* da congregação judaica em Gotemburgo, cabe-me informar aos membros da Assembleia sobre as regras que se aplicam para ficar na terra e nas propriedades do Cemitério Oriental 12:3 deste município, doravante designado como cemitério judaico.

Abaixou o braço que segurava o papel. Com os olhos fixos em algum lugar acima de nós, disse que era estranho. Estamos num novo milênio, nos comunicamos através de computadores e telefones sem fio, mas os problemas de uma *Chevrah* na diáspora eram os mesmos hoje como o eram há dois mil anos. Isto é:

Vandalismo antissemita

Pagamentos em atraso.

Falta de espaço.

O último ponto estava ficando cada vez mais alarmante, disse ele, novamente com um olho sobre o papel. As sepulturas estavam o mais próximas entre si quanto era possível. A proporção de idosos entre os membros da congregação era alta, e a situação desconfortável em Israel significava que não migrariam para lá, ainda que, neste aspecto, fosse desejável.

O desejo de mais terra da congregação esbarrava no temor dos cemitérios vizinhos de que pichações antissemitas acidentalmente se espalhassem para suas sepulturas. Estavam também insatisfeitos com o barulho inconveniente que vinha do estacionamento ao lado do cemitério judaico, algo que se supôs que aumentaria com a expansão.

Meu avô ergueu o tom de voz. O município havia informado que uma expansão:

1. Seria muito cara e
2. Exigiria um comportamento mais contido de todos nós em relação aos funerais.

Isso obrigava os acompanhantes dos funerais a seguirem uma série de regras. Isso incluía a falta de pagamentos e de discrição das pessoas no entorno do cemitério.

— Em outras palavras, isso inclui também — disse o vovô, fazendo uma pequena pausa — incidentes do tipo que ocorreu na capela no início do dia.

EU COSTUMAVA DESCER do bonde na Drottningtorget e pegar o caminho ao longo do canal. Havia outras paradas mais próximas, mas eu gostava de andar lá, sozinho, pegar pedrinhas e jogar na água. Casais apaixonados se sentavam sobre cobertores entre as árvores, do outro lado. Gangues de punks com aparelhos de som e latas de cerveja se arriscavam até a extremidade do canal.

Numa travessa havia uma sex-shop com janelas cobertas. A porta estava sempre aberta e uma grande bandeira sueca acenava alegremente sobre a entrada. Ao lado havia uma loja de discos que cheirava a roupa molhada.

Costumava comprar um chocolate Snickers ou um Raider e alguns chicletes da tia do quiosque. Ela usava óculos escuros marrom e com um enorme risco na lente. Ela achava que éramos muito educados. Nunca se preocupava quando chegávamos. Com as outras crianças não conseguia relaxar nem um segundo. Caso se abaixasse para pegar um saco de batatas fritas, a vasilha de pirulitos estaria vazia quando se levantasse novamente. Isso nós nunca fizemos. Estava nos genes, ela achava.

Em frente à entrada da igreja havia uma garagem com uma cancela listrada que lentamente se levantava e abaixava. Algumas nuvens se formavam e em seguida se dissipavam bem diante da entrada da igreja, com os odores da fritura pegajosa dos restaurantes chineses que existiam dos dois lados da rua. O cheiro só era bom quando tinha acabado de chover e os vapores do asfalto molhado se levantavam do chão.

O cesto de Zelda ficava no corredor logo após a trava de segurança. Ela pulava quando eu entrava e abanava o rabo, a língua grossa pendia da boca. O exercício lhe dava tanta fome que logo em seguida se arrastava através das grandes cortinas brancas que pendiam do escritório de Zaddinsky e lhe pedia do biscoito sem açúcar do pacote que estava em sua escrivaninha. Eu os ouvia brigando lá dentro. Zaddinsky tentava parecer determinado, mas não conseguia esconder sua gratidão por uma interrupção no trabalho. Quando eu passava por ele, estendia sua cabeça gorda pelas cortinas e comentava minhas roupas, meu cabelo ou minha mochila grande...

— Ha, ha... é você que carrega essa mochila, ou é a mochila que te carrega?

A sala de aula ficava no segundo andar. Terceira porta à esquerda num corredor com paredes amarelo-esverdeadas. Obras de antigos alunos estavam nas paredes ao redor da sala. Fotos malcopiadas. Páginas de caderno com fatos em letra cursiva. *Ben-Gurion perdeu a mãe aos 11 anos... Moshe Dayan perdeu o olho durante a Segunda Guerra... Apesar do disfarce, Golda Meir não conseguiu alcançar o príncipe jordaniano com sua mensagem...*

Éramos 12 alunos que, a partir daquele outono, se reuniam todas as quintas-feiras por duas horas para as aulas de estudos de Israel. Mesmo horário, mesmo dia, os mesmos 12 alunos que se reuniram durante os sete anos anteriores para o ensino de judaísmo e hebraico.

Exatamente como antes, a Srta. Judith era nossa professora. Ela tinha o cabelo comprido e escuro, preso com uma fivela grande na altura de suas escápulas. Na maioria das vezes vestia calças justas de um material brilhante. Usava suas calças acima da cintura. Parecia que tinha duas barrigas, uma acima do cinto fino e outra abaixo. Na expectativa da hora do cigarro, mantinha seus dedos ocupados com uma caneta ou um giz.

Durante o ano, ela nos ensinaria tudo sobre o moderno Estado de Israel, história, geografia, sistema político, as principais exportações, e nos ajudaria a levantar os fundos necessários para que no verão fizéssemos uma viagem de cinco semanas a Israel.

Meu lugar era quase o último, na mesa do fundo perto da porta. Sentava-me ao lado de Jonathan Friedkin. Durante o ensino primário e médio estudamos na mesma sala, na escola convencional também. Eu costumava ir até sua casa, depois da escola, alguns dias por semana. Embaixo da cama ele tinha uma caixa cheia de quadrinhos americanos e revistas de música que ganhou de um parente. Uma tarde quente de primavera, jogávamos futebol com seu irmão mais novo no jardim quando sua mãe Teresza chegou em casa. Ela esvaziou a caixa do correio e olhou a correspondência no caminho até a porta. Parou nos degraus da pequena escada em frente à entrada. Leu uma das cartas para nós, que dizia que Jonathan tinha sido aceito numa escola na cidade.

Jonathan continuou jogando sem dizer nada. Teresza veio até nós e repetiu as informações. Primeiro leu entusiasmada, depois questionando, e por fim irritada. Depois de um tempo ela também se calou. Pediu que entrássemos com ela.

De uma pilha de papéis sobre o balcão da cozinha, pegou um pequeno livro azul e branco. Era de um grupo de jovens judeus e Teresza nos mostrou todos os campos e as festas de que poderíamos participar, agora que éramos adolescentes.

No verão, tínhamos ido juntos a um acampamento judaico de quatro semanas na Dinamarca. Para as férias de Natal talvez fôssemos a um acampamento em Skåne. Para as férias de inverno verificaríamos se a congregação de Estocolmo estava organizando alguma viagem para esquiar.

No entanto, Jonathan ainda não havia decidido se iria se mudar para Israel comigo depois da escola. Eu iria direto, apenas um mês depois da formatura, como Rafael fez. Meu avô tinha elogiado a decisão em seu discurso no meu bar mitzvah. "Não posso enfatizar o suficiente a alegria que nos traz quando expressa seu desejo claro de construir um futuro judeu." Seu discurso foi longo e tive dificuldade de me concentrar. Papai acenou concordando quando o garçom parou perto de mim com a garrafa de vinho, e levantei a minha taça para um *lechaim* cada vez que alguém fazia contato visual comigo.

Quando acordei de manhã, antes do bar mitzvah, estava de ótimo humor. Na sinagoga, a caminho de começar minha leitura, o rabino me perguntou se eu estava nervoso. Não entendi o que ele quis dizer. Por que deveria estar nervoso? Tínhamos treinado por seis meses. Sabia minha parte da Torá como se estivesse tatuada na medula. O rabino riu quando percebeu que eu não tinha compreendido a pergunta.

Mamãe e eu tínhamos comprado as roupas que eu estava usando. Camisa de manga curta, calça clara e gravata vermelha. Os sapatos eram xadrez e tinham duas borlas no peito do pé. Custaram um pouco mais, mas, como mamãe disse, eu poderia usá-los na escola depois. Combinam bem com jeans.

Em quase todas as celebrações de bar e bat mitzvah de que participei, em algum momento, durante o jantar, alguém da família se levantava para dizer algo espontaneamente. Algo que não fosse um discurso no sentido tradicional, porém mais uma inspiração que recebiam enquanto jantavam e sentiam uma necessidade imediata de compartilhar. Essas falas normalmente começavam elogiando o jovem pela realização do dia, expressando a gratidão em poder fazer parte da festa e aproveitar a comida fabulosa. Quando esta parte terminava, esfregavam as mãos na frente do queixo, olhavam para a mesa e diziam: "Mas..."

Só então, quando pronunciavam essa palavra, dava um nó na garganta e precisavam buscar fôlego. Quando conseguiam recuperar a fala, pronunciavam o nome de algum velho parente falecido, e com isso quebravam todas as barreiras. O restante do que diziam já era misturado com um choro incontrolável. Era tão triste o fato de o falecido não poder participar de um evento tão solene. Justamente o falecido teria apreciado de maneira excepcional. Ninguém mais além do falecido tinha uma relação tão especial e próxima com o objeto desta festa.

No meu bar mitzvah, ninguém disse nada parecido. Todos estavam lá, avós paternos e maternos, tia Irene e tia Laura, mamãe e papai, Rafael e Mirra, lado a lado na longa mesa na extremidade do salão de festas. Papai ajeitava o tempo inteiro meu cotovelo, que insistia em deslizar sobre o apoio da cadeira. Mamãe me dava tapinhas no rosto. Vovô inclinou-se diante dela quando terminou de falar. Entregou-me seu discurso e disse que poderia lê-lo em casa novamente.

Em meu primeiro ano em Israel, pretendia trabalhar no kibutz. Aprender o hebraico da maneira correta. Cuidar dos animais ou ajudar na cozinha. Imaginava que haveria um quadro de avisos desbotado pelo sol, do lado de fora da sala de jantar. Lá deveria me inscrever e uma noite seria chamado para uma assembleia no gramado para ouvir um renomado coronel que já tinha visto de tudo, tinha passado por tudo. Diria que não se tratava apenas de glórias. Não era só heroísmo e honra que esperavam por nós, havia outras coisas também. Existia um lado horrível, um lado perigoso, e nos contaria sobre isso, para que soubéssemos da verdade, no que estávamos nos metendo, e viria a cada um para conversar, individualmente, ficaria à minha frente, de cócoras, à noite, na grama macia. Iria olhar para as barracas a alguma distância, onde meus amigos e eu costumávamos passar as noites, onde fumávamos, falávamos e cantávamos sob o brilho de velas tremeluzentes, com grilos cantando ao nosso redor e com o milenar céu estrelado israelense acima de nós. Eu diria ao coronel que sabia que era o fim da brincadeira, as tarefas sérias esperavam por mim e esse era o meu destino, não se pode escapar do que tem que ser feito. "*Mazel tov*", diria o coronel, e colocaria seu braço ao meu redor. "Bem-vindo ao clube."

Eu ansiava por isso. Acima de tudo, ansiava por voltar para casa no verão. Passaria pelo controle de passaporte no aeroporto de Gotemburgo até a escada rolante para as esteiras de bagagem, de camisa verde com letras em hebraico amarelas no peito. Todos estariam esperando por mim do outro lado do vidro. Olha, lá vem ele, como está alto, que roupas bonitas está usando. No carro, a caminho de casa, distribuiria presentes e mostraria uma pequena foto de minha nova namorada.

A única coisa que me incomodava no exército era o fogo. Rafael tinha contado sobre um exercício em que era preciso correr em meio ao napalm ardente. Todos tinham que fazer isso. Tentava visualizar a cena quando deitava em minha cama, antes de dormir. Um amigo após o outro desaparecendo entre as chamas até que chegasse a minha vez. Vamos, Jacob, pensava. Todos conseguem. Talvez nem seja como o fogo comum, talvez seja como a cachoeira do castelo de conto de fadas de Liseberg pela qual você passa sem se molhar. Mas nem mesmo nas minhas fantasias eu conseguia. Ficava paralisado, olhando para as chamas.

— Com seis votos contra quatro, Ben-Gurion ganhou — disse Sanna Grien, e escreveu 6-4 no quadro-negro.

Ela estava na frente da classe com um casaco de lã bem amarrado sobre os ombros e um monte de papel colorido na mão. Contou que 250 convidados eram esperados no museu de Tel Aviv, onde iriam anunciar o nascimento do novo Estado. Foi sugerido que a cerimônia deveria ser mantida em segredo. Caso contrário, haveria risco de os britânicos suspenderem tudo. Eles achavam que era cedo demais para declarar independência. Os Estados Unidos achavam a mesma coisa. Advertiram que os pagamentos seriam bloqueados se o fizessem. Não haveria arma alguma se houvesse uma guerra.

Ben-Gurion não esperaria nem mais um segundo. Dois mil anos de espera eram o suficiente. Era agora ou nunca.

Exatamente às quatro horas leria o discurso, cujos detalhes finais ficariam por conta de um homem chamado Sharef, num prédio do outro lado da cidade. Quando o relógio se aproximava das três e meia, Sharef percebeu que tinha se esquecido de providenciar o transporte para o museu.

Correu para a rua e parou um carro. Depois de longa persuasão, o motorista o deixou entrar. No caminho, foram parados por excesso de velocidade. O motorista entrou em pânico. O carro que dirigia era emprestado e, além disso, ele não tinha habilitação. Sharef acenou com seus papéis e disse à polícia que eles estavam arriscando um importante momento histórico.

Faltando um minuto para as quatro horas, eles chegaram. Em sua apresentação, Sanna leu que seriam necessários vinte anos até que Sharef tivesse algum posto importante num governo israelense.

Jonathan Friedkin bateu em minha coxa. Tinha o mesmo tipo de pele que seu pai Bernie, clara com pequenas manchas marrons, como a casca de uma banana madura. Eu sabia que ele não gostava da aparência de sua pele; havia manchas mais densas sobre seus dedos e, quando conversava com garotas, sempre ficava com as mãos para trás ou nos bolsos.

— Olha — disse ele, e abriu a mão esquerda.

Na mão havia uma fita cassete completamente preta. Até mesmo os círculos internos eram dessa cor. Jonathan afirmou que tinha ganhado a fita de seus parentes dos Estados Unidos. Os parentes tinham uma piscina dentro de casa e outra ao ar livre. Eles tinham contatos muito especiais no mundo da música e foi dessa maneira que conseguiram as gravações originais exclusivas que Jonathan tinha em mãos. Não acreditei numa só palavra.

— Me dá três que te empresto.

Dois, respondi. Para minha surpresa, Jonathan aceitou a oferta sem protesto. Agradecido, pegou os dois chicletes de morango que passei por debaixo da mesa. Sua jaqueta jeans estava pendurada no encosto da cadeira atrás dele, e ele os enfiou no bolso dela sem se virar. Depois de um tempo ele me cutucou novamente.

— O chefe da sua mãe foi morar com vocês?

Fiquei surpreso com a pergunta. Por sorte logo me recompus, e depois me senti orgulhoso de mim mesmo. Mamãe ficaria sabendo o que Jonathan havia perguntado, mas que eu havia negado. Ficaria satisfeita e diria que eu era bom em manter segredos.

— Bom, não foi o que o meu pai disse — replicou Jonathan.

Abriu uma página em branco em seu caderno e escreveu seu nome várias vezes em seguida na linha de cima. Pressionava a ponta do lápis com firmeza contra o papel quando escrevia. As letras ficaram em linha reta, nenhuma delas maior ou menor do que a outra; estavam ligadas entre si por linhas de comprimento exatamente iguais em diagonal. A assinatura dele parecia ter sido escrita por alguém que tinha 7 anos e que estava apaixonado pela professora.

— Ele dorme no sofá da sala de estar — falei. Não tinha certeza se isso também era uma mentira. Minha mãe tinha feito a cama para Ingemar no sofá e ambos tinham dito que era melhor que dormisse lá por enquanto. Mirra o tinha visto na cama de mamãe uma noite, quando acordou e estava com medo, mas isso não queria dizer que ele ia lá todas as noites.

Antes que Jonathan pudesse dizer algo mais, a Srta. Judith se levantara de trás de sua escrivaninha e virara sua respiração em nossa direção. Com voz calma, disse que seríamos enviados para o rabino se não parássemos de incomodar. Então, sentou-se novamente. Sanna Grien ajeitou o casaco sobre os ombros e se virou. Com letras grandes, escreveu no quadro-negro o nome de todos os ministros do primeiro governo de Israel.

EM VEZ DE EMPURRAR a colher contra o canto do prato, vovó empurrava os restos de comida com o polegar. Depois, levantava a colher contra a luz e baforava na parte côncava até que uma névoa se formasse, e então a esfregava.

— Qualidade — dizia ela.

A galinha que ganhamos era magra e com a pele cheia de calombos. Tinha porções de gordura solidificada entre os ossos na parte de trás do tórax. Olhei para o meu pedaço, que olhou de volta suplicando, como se sentisse que ninguém realmente o queria. Me leve, dizia, faço qualquer coisa.

Ingemar tinha bom gosto, constatou a avó. Sabia diferir classe de *dreck*. Onde tinha conseguido talheres tão fantásticos? Talvez tivesse comprado numa de suas viagens. Ou ganhado de presente de um distinto colega. Assim é no mundo dos negócios, ela explicou. Davam presentes preciosos uns aos outros, para mostrar seu apreço.

Comi rapidamente a carne e, em seguida, mordisquei a cartilagem. Os pedaços próximos do osso eram os melhores. Os frangos que mamãe preparava eram tão bons que tinha de comer as partes brancas, e as duras também. Às segundas-feiras costumava haver restos de frango do *Shabat* na geladeira; em outros dias tinha dificuldade em encontrar algo realmente inspirador para comer quando chegava em casa. Havia pão no freezer e mais nada, exceto queijo, para colocar sobre ele. Algumas vezes tínhamos salsichas em casa, mas eram salsichas *kosher*. Além do formato, tinham muito pouco em comum com o que as outras pessoas falavam sobre salsicha. Só porque não eram de porco, os produtores acreditavam que nada mais na receita comum de salsicha era válido. Acreditavam que podiam misturar o que quisessem. Dê às crianças judias, elas acreditarão que as salsichas devem ter esse sabor. Despeje qualquer coisa aí dentro. Não parecia em nada com uma refeição quando comíamos salsicha nas festas. Parecia muito mais com um experimento. Como se os adultos quisessem ver se era realmente possível que as crianças se alegrassem com uma comida cujos ingredientes dominantes eram vinagre e alho em pó.

Talvez tenha sido essa a diferença entre o nosso Deus e o cristão. O deles teve filho. Ele entendia a necessidade de oferecer algo mais atraente quando se tratava de crianças. Por isso eles ganhavam presente de Natal, ovo de Páscoa e salsichas temperadas com um mínimo de discernimento.

Nossa única contrapartida eram os sacos de doces que ganhávamos na sinagoga uma vez por ano. Era sempre uma estranha variedade de doces nos sacos. Um pequeno pacote de passas, um saco de amendoins e uma tangerina. O que uma tangerina estava fazendo no saco de doces?

Eu suspeitava que os infelizes sacos de doces fossem uma parte da nossa herança da Europa Oriental. Assim como o sanduíche de queijo suado que recebíamos após o *kiddusch* de sábado. Só alguém da Europa Oriental poderia inventar algo como um sanduíche que transpira. Todos os velhos da congregação eram da Europa Oriental. O resto de sua cultura foi erradicado na guerra e na perseguição. Apenas a comida permaneceu. Deram aos seus filhos o primeiro nome sueco para que se misturassem e cortaram o sobrenome para evitar reconhecimento. Mas a comida eles mantiveram. Sua identidade era negociável, mas não suas galinhas e seus vegetais secos e azedados. Que depois de todas as tragédias, ainda existisse uma dieta judaica do Leste Europeu viva no fim do século XX, era um feito histórico. Esse também era um duro golpe para a teoria da evolução.

Uma coisa que sempre quis saber é se havia alguma ligação entre o nível de comida judaica e o que muito da religião era relacionado a não comer. Não comer carne de porco, não comer mariscos, não comer carne com leite, utilizando uma definição muito ampla de "leite" e "carne". Tinha notado que era importante para as pessoas religiosas mostrar que poderiam estar acima de suas necessidades alimentares. Especialmente os pais de família com ambições de se tornarem rabinos. Como o pai Moysowich. No *Pessach*, quando esperávamos por quatro horas e a única coisa que faltava para a comida ser servida era que ele lesse uma única oração, ele decidia aproveitar esta oportunidade para demonstrar o absurdo mundano que considerava ser a fome. Certamente não se preocupava com condições estranhas, tais como a desnutrição. Tinha todo o tempo do mundo, poderia fazer uma digressão lenta, uma meia reflexão cuidadosa, uma explicação pedagógica elaborada para qualquer garoto que pensasse em fazer perguntas (a criança é a única questão, o judaísmo é baseado no questionamento, não há perguntas estúpidas), concebida para ser interpretada literalmente.

Mirra foi a primeira a terminar o almoço. Perguntou se poderia deixar a mesa e correu para colocar seu prato no lava-louça antes de sair para pegar o livro que havia deixado no jardim. Sua escolha de literatura era uma fonte inesgotável de orgulho para os nossos parentes idosos, exclusivamente livros sobre o Holocausto, testemunhos reais ou fictícios de jovens meninas, escondidas ou fugindo, com o coração vibrando por um belo menino *goy* que de um dia para o outro não quis mais saber dela e sobre algum amado gatinho que era arrancado dela a sangue-frio quando a família era encontrada pelos nazistas.

A vovó tirou o meu prato e disse para esperar por ela enquanto buscava sua bolsa. Um cheiro de batom e luvas de couro se espalhou quando a abriu. Procurou por todos os bolsos, limpou o estojo dos óculos, achou o cartão do bonde e a última edição do guia de TV do *Expressen*. Não entendia por que ela fazia tanta questão de levá-lo. As revistas de televisão eram para pessoas que queriam escolher o programa que iriam assistir. Vovó assistia a qualquer coisa. Não conseguia achar que alguma coisa que aparecia na TV fosse ruim. Achava que todos os homens que apareciam na TV eram atraentes, até os políticos e os que liam as notícias no jornal local. Suas noites de TV não terminavam até que o pescoço desistisse. A cabeça caía para trás sobre o encosto, um ronco fraco vinha de seu nariz e sua garganta parecia estar rachando. A gente podia puxar tanto a pele do rosto que as bochechas juntavam com o queixo, mas ela não acordava.

Vovô era diferente. Dividia tudo que a TV mostrava em duas categorias: judeus e antissemitas. Ingrid Bergman era judia. Greta Garbo, antissemita. O *Rapport*, um pouco mais antissemita do que o *Aktuellt*. Os pianistas eram judeus, assim como as pessoas que possuíssem uma butique. Os italianos eram judeus, e os dinamarqueses e cantores com cabelo encaracolado. Glenn Hysén era judeu quando jogava no IFK, e os jornalistas esportivos — antissemitas. Atores de filmes europeus — antissemitas. Atores das séries dramáticas produzidas em Gotemburgo — fanaticamente antissemitas.

As manhãs do vovô eram as mesmas todos os dias da semana. Levantava-se às quatro horas, colocava sua cadeira perto da janela da cozinha, colocava as mãos no colo e deixava os olhos vaguearem para a esquerda, depois para a direita, para cima, para baixo. Sua visão melhorou fazendo isso, disse ele. Uma manhã, quando dormiram em nossa casa, acompanhei-o e me sentei ao seu lado na cozinha. Levei minha coberta comigo e mordia os dedos com força para não voltar a dormir. Quando meu avô terminou seu treinamento, fechou os olhos.

— O que está fazendo agora? — perguntei.

— Estou conversando com a minha mãe — disse ele.

Perguntei sobre o que conversavam e ele disse que no geral eram coisas mais banais. O que tinha comido no jantar. Algo que tivesse visto na TV. Vovô tinha 5 anos quando sua família se mudou para Gotemburgo, em 1920. Tinham fugido de sua aldeia através da Tchecoslováquia, para os Países Bálticos. Em Riga tomaram um barco que acreditaram que iria levá-los para a América. Tiveram que compartilhar um apartamento em Haga com outra família judia. Todos os anos, no início de outubro, iam para a polícia de Imigração na Spannmålsgatan e solicitavam uma autorização de residência.

Às vezes eram recebidos por oficiais meticulosos, que estudavam seu caso com zelo inexpressivo. Às vezes, era um palhaço falante que fazia uma pequena atuação na reunião, chamando os colegas de público e segurando o nariz, prendendo a respiração enquanto estivessem na sala.

O pai do meu avô trabalhava como vendedor de porta em porta. Um ano, a polícia informou que tinham encontrado divergências em sua contabilidade e, portanto, seria deportado junto com a esposa. Eles recorreram dessa decisão dizendo que já moravam na Suécia havia 15 anos, que seus filhos estavam prestando serviço militar no país, que a anexação alemã tornara a situação dos judeus da Tchecoslováquia ainda mais perigosa do que antes.

O vovô estava servindo no regimento 116, em Halmstad, e não podia vir para Gotemburgo se despedir. Seu pai foi morto apenas uma semana depois da chegada em Praga. A mãe acabou na cidade de Terezín, mas sobreviveu e se reencontrou com os filhos em Gotemburgo após a guerra. Alguns meses depois, enquanto colhia flores no lago Delsjön foi atropelada pelo bonde número cinco.

A vovó pescou um Daim duplo na bolsa. Daim é um dos melhores chocolates do mundo, disse ela. Comparado ao Plopp, por exemplo. Que *scheiss*. Duas mordidas e acabou. A cobertura era tão fina quanto um papel. A massa de caramelo barata de dentro dava azia. Vovó fez uma careta com nojo e limpou a garganta como se seu pescoço doesse só de falar sobre isso.

Eu roí primeiro o chocolate e depois passei para a parte dura. Vovó achava que a gente devia chupar o Daim, como se fosse um caramelo. Não apenas fica ainda mais saboroso desse jeito, dizia ela, mas dura mais também. Eu havia tentado explicar que era difícil, que os dentes têm vontade própria, que nem sempre dava para controlar. Se tinham decidido destruir tudo que estivesse dentro da boca, não havia nada que se pudesse fazer. Ela dizia que entendia, mas quando eu começava a fazer barulho entre minhas mandíbulas, ela me olhava com olhos tristes. Desta vez vovó se contentou em sentar-se à minha frente e bater as unhas impacientemente sobre a mesa. Perguntou como estava meu pai e respondi que estava de muito bom humor em nosso último encontro. *"God zei dank"*, disse vovó, ainda com as unhas afiadas mantendo um ritmo agitado sobre a superfície de madeira. Depois de um tempo, levantou-se e limpou as migalhas da mesa. Uma das mãos segurava uma tigela que recebia a sujeira e a outra puxava as migalhas para o canto da mesa. Perguntou o que eu e meu pai fizemos, se estivemos em casa com Mame e o vovô, e quando disse que sim ela apertou a mão com migalhas e ergueu a cabeça.

— E o que disse dessa vez?

Pareceu-me que a vovó tinha uma sugestão de sorriso nos lábios pintados de vermelho. Apoiei a cadeira contra a parede atrás de mim. Não importava o que eu dissesse. Vovó sabia o que Mame costumava dizer quando eu a ajudava a secar a louça. Nas semanas que passaram desde que meu pai saiu de casa e Ingemar entrou, Mame conseguiu espalhar suas suspeitas para a maioria das pessoas da congregação. Mame tinha certeza de que meus avós maternos sabiam havia muito tempo que minha mãe havia começado um relacionamento com o seu chefe. Que ajudaram minha mãe a manter em segredo. Ela nunca iria perdoar meus avós maternos por eles se sentarem na mesma mesa que ela, no meu bar mitzvah, cantando e celebrando, enquanto sabiam o que estava para acontecer.

— O mesmo de sempre — respondi, e deixei a cadeira cair de volta para o chão. Vovó ficou diante de mim por um tempo, depois foi até a pia e se livrou do lixo que segurava. Abriu a torneira e lavou as mãos enquanto olhava em direção ao jardim. Ela molhou um pano, esfregou a pia com movimentos irregulares e murmurou que toda a família de Mame estava maluca.

Até então, meu avô estivera em silêncio. Estava sentado em sua cadeira e comia a sobremesa de criação própria, um montão de geleia de laranja numa xícara de chá; comia num ritmo calmo e constante, como se o que eu e minha avó falávamos não lhe dissesse respeito. Agora ele raspava ansiosamente a colher de chá no fundo da xícara e contava sobre o irmão de Mame, que escrevia poemas e não tinha deixado seu apartamento em Redbergsplatsen desde o fim dos anos 1960. Falou também de um de seus primos que estava na prisão, e de alguém que se casou com o próprio tio.

Vovó passava lentamente o pano ao redor das bocas do fogão. Assentia com a cabeça enquanto o vovô falava e completava suas histórias. Ambos riram quando um deles mencionou um nome que não ouviam havia muito tempo.

Lá fora estava escuro. Vovó pôs a mão na boca quando viu que o relógio marcava quase oito e meia e percebeu que tinha perdido várias horas de entretenimento televisivo. Correu para a sala enquanto eu e o vovô preparávamos o chá.

ISRAEL DESMORONOU durante o debate sobre "Shir habatla-nim", a canção que no início do ano representou o país no Festival Eurovisão da Canção. O texto da música premiada falava de um desempregado que ficava na cama até tarde. As forças religiosas se voltaram contra a mensagem do pre-guiçoso. O ministro da Cultura ameaçou renunciar.

A Suécia teve, de uma forma muito inesperada, que tomar uma posição sobre a questão do diretor de gravadora Bert Karlsson, que durante o verão cantou sua própria versão da música. "Hoppa Hulle", como a canção foi chamada em sueco, alcançou um sucesso muito modesto de vendas, mas a gravação pareceu então como um passo para um afrouxamento das relações sueco-israelenses. Pelo menos no contingente judeu de Gotemburgo.

A relação com o *establishment* do pop sueco era carac-terizada pela desconfiança desde o festival de 1978, quando a Suécia foi a única nação a dar zero ponto ao vencedor de Israel, Izhar Cohen com "A-ba-ni-bi". Decerto não era ver-dade o que alguns, entre eles meu avô, afirmavam, que todos os outros países tinham dado pontuação máxima; mas um zero para uma pérola musical dessas era ruim o suficiente, e isso foi diretamente associado aos impulsos anti-israelenses e automaticamente replicado a toda a sociedade sueca.

Os sentimentos estavam inflamados quando, no ano seguinte, Israel sediou o festival. Para meus pais e seus amigos, era como assistir seu filho embarcar sozinho para a cidade pela primeira vez. Orgulho por um instante e na sequência, ansiedade. O país não estava maduro. Não seria capaz de sobreviver. Talvez devesse ter se atido a tarefas simples por mais um tempo. Vencer a guerra no deserto. Derrubar os aviões egípcios enquanto os pilotos ainda estão lendo os manuais de instrução dos novos aparelhos soviéticos. Coisas nas quais você sente confiança. Como o que está acostumado a fazer. Deixe que outros cuidem do entretenimento por enquanto.

A transmissão começou com uma sequência de imagens desoladas e muito longas de Jerusalém. Uma flauta triste tocava ao fundo. Ônibus ocasionais passavam. O problema seguinte foi a decoração do palco. Consistia em três anéis que giravam em torno de si e eram geometricamente interessantes, no entanto parecia mais pertencer a uma recepção de um centro de pesquisa do que a um dos maiores eventos de entretenimento europeu do ano.

Para essa atmosfera nervosa na frente da TV contribuíram deprimentes relatórios preliminares que tinham vazado sobre o representante israelense daquele ano. Foi relatado que abandonaram sua fórmula de sucesso otimista do ano anterior e agora tinham trazido de volta uma ladainha religiosa, anteriormente considerada ruim demais para a competição internacional. Os favoritos eram os franceses, com uma balada forte, seguidos da Áustria com a "Heute in Jerusalem". Como a zebra da vez, vinha a Alemanha Ocidental. Sua "Dschinghis Khan" era uma apresentação coreografada espetacular sobre o controverso líder mongol, que foi ovacionada quando a noite terminou.

Então foi a vez de Israel.

Arrastei-me para tão perto da tela quanto pude e experimentei um desejo misterioso no estômago ao ver a mulher que cantou o primeiro verso, acompanhada apenas por piano e guitarra. Ela estava com um vestido florido, franjas de lado e três namorados. Pelo menos foi assim que interpretei a conexão com os não muito atraentes, mas sorridentes, homens de gravata-borboleta, suspensórios e calças bege que logo subiram ao palco para lhe fazer companhia.

Meu amor cresceu durante toda a apresentação. A cada verso um novo instrumento entrava para a melodia simples e cativante, até que no terceiro refrão a percussão começou a sério. A ascensão continuou até que não achássemos que seria possível continuar, mas elevaram ainda mais e cantaram os quatro juntos com o maestro acenando mais alto até que a canção explodiu num crescente impressionante.

Nem mesmo aqueles suecos cegos da política diária poderiam resistir. "Halleluja" levou nota 12 de Estocolmo e mais 5 do Reino Unido e de Portugal. Com 10 pontos na última rodada da votação final, Israel passou a espanhola Betty Missiego e seu coro infantil sentado. O milagre se repetiu. Nos bares espanhóis, comentários descontentes sobre a conspiração judaica mundial, e em nosso apartamento papai entrou dançando no banheiro, o que provocou uma rachadura na porta que nunca mais seria consertada.

QUANDO VOVÔ LEU sua carta, Ingemar o levou para a cozinha. Vovô saiu de lá com um prato cheio e uma expressão confusa no rosto. Sentou-se ao meu lado. Queria levantar o braço, colocá-lo sobre meu ombro e me encostar em sua barriga.

— Provavelmente ela não tem muito tempo agora. — Vovô despejou a comida na boca. Tudo parecia bom quando ele comia. Para ele não tínhamos comido tudo se sobrasse algum vestígio de comida no prato. Quando eu era pequeno, costumava sentar no seu colo ao fim da refeição. Cada um com um pedaço de pão, limpávamos as últimas gotas de molho do prato.

— Dez minutos é o suficiente — disse ele. — É pedir muito? Ela não te fez nada de mal.

As mandíbulas trabalharam e criaram vales profundos perto de suas orelhas. Achei que era injusto. Eu costumava visitar a Mame quando estava na cidade. Não todas as vezes, mas pelo menos tinha acontecido. Sempre me apressava pela entrada com os olhos no chão, nas escadas, pelo corredor. O quarto de Mame ficava no segundo andar. A cômoda arredondada ela trouxe de casa, assim como todas as fotos. Ninguém podia olhar para elas. Uma vez, quando cheguei lá, ela estava sentada e dormia em sua poltrona azul. O lábio inferior curvado para fora, a testa brilhando de suor.

Quando acordou e me viu, seus olhos brilharam de felicida-
de, por alguns segundos, até que tudo começou novamente.
"Josef?" Suas bochechas coraram quando percebeu seu erro
e depois veio uma decepção tranquila, que durou até que
adormeceu novamente.

A PRIMEIRA VEZ que papai esteve em Israel sem os pais foi em julho de 1967. Depois de começar o verão com a vitória surpreendentemente suave da Guerra dos Seis Dias, o país estava num estado de euforia militar e religiosa. Entre Israel e o seu pior inimigo, o Egito, passou a existir uma zona tampão de 60 mil quilômetros quadrados. Pela primeira vez em mais de dois mil anos, os judeus tinham livre acesso à única parte remanescente do templo de Jerusalém.

Papai trabalhava numa fábrica de plástico num kibutz. Alguém tinha uma Kombi e uma noite saíram para o deserto. Subiram até as ruínas de Masada no escuro, viram o sol nascer sobre as dunas e desceram antes que os fortes raios quentes do verão impedissem qualquer tipo de esforço físico. Só depois de um mergulho no mar Morto estavam prontos para o café da manhã.

A Kombi parou ao lado de um barraco numa colina. Atrás do balcão girava um pedaço de carne de carneiro num espeto. Papai não conseguia tirar os olhos de cima dele. Legumes estavam em tigelas sobre uma mesa. Podiam pegar o quanto quisessem. Papai recheou seu pão pita inteiro antes de entregá-lo ao vendedor, que prensou a carne no corte já feito.

Foi o sanduíche mais delicioso que já tinha comido. Ele me contou isso uma noite, quando entrou em meu quarto somente para dizer boa noite, mas ficou na cama, de calça social, camisa e sapatos, com seu braço sob minha cabeça. Eu lhe disse que não achava que kebab podia ser considerado um sanduíche. Kebab é comida. Sanduíche não era comida de verdade. Era alguma coisa entre um pão e uma refeição completa.

Papai disse: "Jacob, se o pão é um dos ingredientes dominantes, é um sanduíche. Especialmente, como no presente caso, se o pão envolve o resto da comida."

Olhou para o teto e enumerou outros sanduíches que mereciam ser mencionados. Aquele que Mame fazia com salmão e maionese. Sanduíches com *gehackte leber*, com ou sem ovos. Então, se lembrou dos picles, se tivesse picles num sanduíche, sem dúvida ia se tornar um de seus favoritos, o mesmo com atum e *The Reuben*, meu Deus, *The Reuben*. Como ele quase pôde se esquecer de *The Reuben*.

É um clássico americano, disse ele. Talvez o sanduíche mais famoso do mundo. Pelo menos três povos se diziam o inventor dele. Os suíços acreditam que o queijo indicava que eles eram os criadores. Os russos apontavam para o pão escuro. No judaísmo, dizíamos que o fato de o nome ser do Antigo Testamento era prova suficiente. O argumento principal dos nossos adversários era que continha queijo e carne, e, portanto, não era kosher. Meu pai não achava que isso fosse muito convincente. Talvez *Reuben* não seguisse as leis kosher. Israel foi construído por judeus seculares; é de se presumir que eles também eram capazes de fazer um sanduíche saboroso. Na lanchonete onde meu pai e minha mãe, alguns anos antes, experimentaram o *Reuben* pela primeira vez, o conflito foi resolvido através de um slogan que todos poderiam concordar. "De onde veio o Reuben?", dizia um recorte de jornal que o proprietário tinha colocado em cima do caixa. Logo abaixo estava escrito em inglês: "Straight from heaven, that's where."

Minha melhor lembrança com um sanduíche ocorreu algumas semanas antes deste fato, provavelmente o motivo pelo qual o assunto surgiu. Estava indo para a congregação para uma aula de bar mitzvah e tinha acabado de perder o ônibus no ponto perto da escola. Estava chovendo e pensei em atravessar a rua para pegar o ônibus no sentido contrário e fazer o trajeto todo, quando vi as luzes do carro do papai aparecerem na curva.

Estava quente no carro e tinha um cheiro muito bom do novo perfume do papai. Ele lançava olhares para o pacote de papel-alumínio que estava em cima do porta-luvas. Dentro da embalagem prateada havia dois sanduíches triangulares duplos de galinha. Queijo forte e muitas fatias de pepino foram espremidos entre os pães. Comi tudo antes mesmo de alcançar a estrada e me lembro de ter falado sobre o fenômeno especial de que o mesmo sanduíche que comemos em casa pode ter um sabor completamente inesquecível em outras circunstâncias.

HAVIA DUAS CAIXAS no armário com suas coisas. Velhas roupas de inverno, uma chanukiá pequena, um fichário de couro desgastado cheio de exercícios escolares e notas.

Um bem preservado livro de alfabetização. Um cartaz de futebol que ele mesmo tinha feito. Seu pôster grande escrito SAY IT LOUD que ficava fixado no pub da congregação. Pequenos furos onde as tachinhas haviam sido presas.

Um passaporte emitido em 1981, altura 1,76 m, olhos castanhos. Um cachimbo grosso, um relógio parado. Um colar de couro usado com uma gigantesca estrela de davi.

Fotos em preto e branco e fotos em cores desbotadas. De perfil no porto com costeletas, jaqueta de camurça e camisa polo de lã. Com olhar feliz, sentado no assento do motorista num carro. Com um chapéu de construtor e shorts jeans num tanque de guerra ao pôr do sol.

Recortes de jornal numa pasta de plástico. Begin e Sadat concordaram ontem à noite... novos protestos fora do centro comercial soviético... um grupo de médicos do Hospital Sahlgrenska descobriu um novo método para... noivos, casados, recém-nascidos.

Sua tese, encadernada entre capas vermelhas. Um pacote de cartões de parabéns com assinaturas.

A agenda de bolso azul-escura do ano passado. Reuniões agendadas. Aniversários. Reflexões pessoais na borda inferior da página. Todos os planos da semana cruzados com rígidas linhas de tinta. Nenhuma anotação a partir da sexta-feira em que seu colega telefonou.

MAME FALOU POR todo o caminho para a congregação. Falou sobre seu pai, que, segundo ela, era um gênio. Sobre sua mãe, que tinha pernas longas, e sobre sua fenomenal habilidade de aprender idiomas e você pode imaginar, Cojbele, que eu ainda sei falar russo, depois de todos esses anos, e não é trágico, Cojbele, que eu nunca mais vou usar o meu alemão, você sabia que uma vez acharam que eu era austríaca, tão claro e belo ele era, mas nunca mais ponho essas palavras em minha boca de novo, você entende bem, os russos são ainda piores, *não* confio em Gorbachev, sorriso falso, pogroms, antissemita, Gulag, Auschwitz. E você tem certeza de que realmente não é nascida na Áustria, *meine fräulein, fantastisch, imklaublich.*

Papai me contou que a família de Mame veio da Ucrânia. Seu pai era um homem profundamente religioso, infeliz em seu trabalho como vendedor ambulante. Para escapar da concorrência, mudou-se para o norte. Num trem, entre Königsberg e Stettin, dividiu a cabine com um grupo de comerciantes suecos. Quando eles saíram, pegou uma longa lista de fornecedores e clientes que eles haviam deixado para trás. Leu nomes como Isaksson, Abrahamsson e Josefsson, o que o levou a acreditar que a terra de onde eles vieram estava cheia de judeus piedosos.

Quando chegamos à congregação, o debate já havia começado. Mame separou duas cadeiras para nós na fila de trás. Tirou seus dois xales e os colocou sobre o colo. Cumprimentou os conhecidos com um olhar longo e característico de enterros.

O debate foi presidido pela prima de Katzman. Ela se sentou com Zaddinsky atrás de uma pequena mesa, de frente para as fileiras de assentos. Sobre a mesa havia um bloco no qual ela às vezes dava uma olhada. Seu adversário, o qual chamávamos de Rouxinol, sentou-se nos primeiros lugares e se opôs a quase tudo o que ela dizia.

Janelas quadradas cobriam as extensas paredes do salão de festas. Carros à procura de uma vaga surgiam entre as colunas do estacionamento do outro lado da rua. Entre as janelas havia retratos de antigos rabinos. Um tinha um grande chapéu quadrado na cabeça e parecia mais um bispo católico.

Rouxinol havia se levantado da cadeira na primeira fila. Tinha bochechas redondas que caíam em ambos os lados do seu rosto. Eu não sabia seu nome verdadeiro. Era o que cantava mais alto na sinagoga. Melodias avançadas, que continuavam por muito tempo depois que todos os outros tinham parado. Às vezes eu tinha a impressão de que via uma pitada de decepção em seus olhos, pois não havia ninguém que pudesse acompanhá-lo nos tons mais elevados. Talvez se sentisse sozinho em sua superioridade vocal. Talvez tenha tido um rival quando jovem, alguém com uma voz quase tão bonita e que o incentivara ao auge de sua capacidade. E então veio a guerra e esta pessoa não existia mais. Agora estava cercado por idiotas que não tinham ouvido para música e certamente o coro iídiche seria cancelado e, ainda por cima, tinha essa exposição.

Havia, disse ele enquanto enrolava as mangas da camisa, apenas um nome para aquilo que o Conselho da Cultura deixou entrar no saguão. Apenas um nome. Uma peça de humilhação. Era assim que seria chamado. Não como obra de arte. Não como formação de identidade positiva. Peça de humilhação. Durante cinco anos fora obrigado a usá-la, ele disse enquanto colocava a mão no peito, onde ela tinha estado. Havia prometido a sua mãe que nunca aceitaria usá-la novamente. Agora era obrigado a vê-la no caminho para a sua própria sinagoga, na parede de sua própria congregação!

Eu não sabia de que lado deveria ficar. Rouxinol era convincente, mas eu sentia, ao mesmo tempo, pena da prima do Katzman. Eu tinha visto um pouco da exposição a caminho da sinagoga. Só um pouco, porque a Mame havia colocado sua mão em frente aos meus olhos e me puxado com a outra e disse que eu tinha que ajudá-la a subir as escadas. Ela não podia ver miséria, se recusava a olhar. Eram principalmente quadros com slogans escritos em cores brilhantes: *U R jew-nique! U R b-jew-tiful! No more h-jew-miliation!* Os mais velhos estavam indignados com a bandeira que pairava sobre a máquina de café. Uma bandeira sueca típica, mas cuja cruz tinha sido substituída por uma estrela de davi. Os artistas não tinham pensado nas associações desagradáveis que uma estrela de davi em tecido amarelo daria a muitos membros da congregação.

Rouxinol ia para a frente e para trás entre as cadeiras enquanto falava. Mencionava o grande progresso que a humanidade tinha feito desde que era criança. O pouso na Lua e a criação da ONU. Ficou por um tempo consideravelmente longo discorrendo sobre o desenvolvimento da tecnologia.

Então levantou o dedo indicador e disse que, da nossa parte, todas essas coisas não tinham importância. De nossa parte, o Estado de Israel era o mais importante. Israel nos fez fortes, esbravejou. Israel nos fez livres. Temos um seguro de vida hoje. Podemos negar certas coisas. Portanto, amigos, eu digo: se quisermos ter uma bandeira no saguão, tragam então a bandeira de Israel.

Uma explosão de aplausos encheu o salão de festas. Bengalas martelavam o chão. Mame se levantou e bateu palmas. Ela costumava fazer isso na frente da TV também, o que tinha me perturbado imensamente quando era mais jovem. Eles não podem ver você, costumava dizer a ela. Sente-se. Não, insistia ela, acho que estão tocando de maneira fantástica. Ficou em pé durante toda a final de Wilander contra Lendl no Aberto da França em 1985. Apesar de não gostar de Wilander. Achava que ele cuspia demais. Björn Borg era melhor. Nunca cuspia. Ele engolia. "Como um cavalheiro." Daquela vez, não fora só eu. Todos queriam que ela se sentasse, mas Mame simplesmente aumentava o volume e dizia que achava uma estupidez começarem tudo de novo quando chegavam ao seis. Eles bem que poderiam jogar pelo menos até dez. Ou poderiam levar um relógio, jogar por uma hora e o que acertasse a maioria das bolas era o campeão. Isso aqui é uma loucura. Olhe lá, ele está cuspindo de novo.

Rouxinol apoiou a mão no ombro da prima de Katzman. Contou que havia sido um grande amigo da mãe dela. Sabia que ela também tinha sido exposta aos horrores do Holocausto. Havia sido uma mulher maravilhosa e ele só podia lamentar o fato de ela não estar mais entre nós. Se estivesse viva hoje, talvez tivesse sido capaz de colocar sua filha no caminho certo. Talvez tivesse dito: minha amada filhinha, não devemos rir das desgraças dos outros. Era exatamente este o grande perigo. As testemunhas estavam desaparecendo e em breve não haveria ninguém para contar como realmente aconteceu. As pessoas que não aprenderam nada com a história teriam suas próprias ideias. Esse era o futuro que deixaria aos seus netos, isso o preocupava; e não parou de falar até que a prima de Katzman se levantou e disse em voz alta que sua mãe não estava morta. Ela tinha visto a exposição e gostado bastante.

Houve um grande silêncio por um tempo. Rouxinol esfregava o lóbulo da orelha e deu de ombros. Se sua mãe estava viva, por que nunca o tinha procurado? É assim que se tratam os velhos amigos, perguntou ele, antes que Zaddinsky pedisse para Ethel Zaft dizer algo sobre o encontro de outono dos mais velhos.

— **MEINE HÄNDER,** olhe para *meine händer*, Jacob. Veja como tremem, olhe para elas.

Sentamo-nos no segundo andar do famoso salão de chá Bräutigam. Senhoras chiques comiam bolinhos com garfo. A água mineral era servida e provocava um leve burburinho no copo.

Eu tinha recebido uma Coca-Cola e fiquei mexendo os cubos de gelo no fundo do copo com um canudo. Um homem tocava piano no fundo da sala. Mame se virava e olhava para ele com olhos ameaçadores. Como podiam deixar um *potz* tocar o piano? Ouvi-lo provocava-lhe dor. Ela tinha dificuldade com qualquer tipo de música, agora que não podia mais tocar. Nunca mais sairiam notas de seus dedos, aquela fonte de alegria havia se acabado para ela. E não conseguia dormir à noite; ficava acordada em seu quarto azul, o brilho da lâmpada dos postes machucava seus olhos quando atravessava as cortinas, e o barulho dos primeiros bondes arranhava seus ouvidos. Ela culpava a si mesma. É o que se faz quando se é mãe. Seu filho era sensível desde criança. Ele precisava de alguém que o entendesse.

Eu colocava o canudo no meio do gelo afundado e sugava a bebida que ficava ali. Mame tinha mantinha as mãos de cada lado da xícara. O saquinho de chá tinha perdido seu papelzinho e estava flutuando logo abaixo da superfície, com o fio branco o perseguindo. Queria perguntar a ela o que tinha acontecido com meu pai no trabalho no dia em que seu colega telefonou, mas não conseguia pensar numa boa maneira de formular a questão.

— Poderia ter tido qualquer uma — disse Mame baixinho. — Toda a congregação o queria. Ele não me ouviu. Era como se estivesse enfeitiçado, Cojbele. Como se estivesse enfeitiçado.

Ela bebia seu chá lentamente, em pequenos e intensos goles. Toda vez que baixava a xícara, olhava para mim e acenava com a cabeça, como se para enfatizar tudo o que havia dito. Quando a xícara ficou vazia, se levantou e disse que ia ao banheiro. Eu deveria ir junto e guardar a porta, explicou. Não se atrevia a trancá-la. A porta do banheiro poderia travar.

— Aqui — disse ela, enquanto fuçava no bolso de seu casaco. — Pegue um Plopp.

Na fila do banheiro, ela me disse que havia muito tempo era uma mulher iídiche quem tocava piano no café. Era uma alegria estar ali naquela época. Ela tinha um filho alguns anos mais novo do que o meu pai, "um pequeno *kacker* dessa altura", disse ela enquanto colocava a mão talvez a uns 80 centímetros do chão, "mas um gênio".

Mame continuou a falar sobre o talentoso filho da pianista depois de ter entrado no banheiro. Ele tinha trabalhado em Paris, agora estava num cargo no Ministério das Finanças. Um dia, *Baruch Hashem*, talvez ele faça parte do governo; "e lá, Cojbele", ouvi-a dizer atrás da porta fechada, "é onde você pode ver o que o conhecimento pode fazer. Com conhecimento pode-se alcançar o caminho até o topo".

PEDI PARA TIA Irene um cigarro. Ela fumava uma marca cujo maço tinha listras amarelas e marrons, que combinavam muito bem com sua aposentadoria precoce. Fora um grande feito chegar até lá. Seguia assim uma orgulhosa tradição, como sua mãe e tias, e às vezes eu sentia como se olhasse para mim e Mirra para determinar qual de nós iria carregar a tocha ao longo do século XXI.

Fazia um bom tempo que eu não fumava, e o cigarro tinha um gosto esquisito, mas desceu bem com a ajuda de um copo de uísque que Irene me deu. Ela nos servia novas doses a todo momento, especialmente a vovô, e imaginei que estivesse com esperança de se afogar para fazer daquela visita a mais curta possível.

— *Lechaim* — disse ela, e ergueu o copo. Vovô se sentia muito desconfortável por estar na casa de mamãe e Ingemar, mas Irene, pelo contrário, ficava extremamente animada. Batia acaloradamente seus cigarros no cinzeiro transparente e me interrogava sobre tudo o que via à sua volta. Quem era aquele na foto, onde compramos a escrivaninha, havia mais fotos em algum lugar, quanto deram pela casa?

Olhei para o cinzeiro. Mamãe tinha ganhado de um parente. Era feito de vidro e tinha um mapa da Europa em relevo na parte inferior. Ingemar reparara neste detalhe da primeira vez que esteve em casa. Depois do jantar, fiquei sozinho com ele na sala de estar. Mamãe tinha alguma coisa para fazer na cozinha e a cada vez que rangiam as tábuas do chão, eu esperava que fosse ela vindo até nós. Sentia-me envergonhado por não pensar em nada a dizer. Ele perguntou sobre a escola e eu disse que estava tudo bem. Perguntei para que time ele torcia e ele respondeu Hammarby. Conseguimos trocar mais duas ou três frases sobre futebol e aí ficou tudo quieto novamente. Pareceu-me que dava para ouvir cada vez que eu engolia. Será que engolimos tantas vezes assim numa situação normal?, pensei. Parecia que ficaria sem ar, caso não engolisse. Nunca tivera problemas com isso antes, e de repente a boca ficava cheia de saliva que tinha de ser engolida a qualquer custo. O tempo todo Ingemar ficou sentado com o cinzeiro na mão.

— Muito bonito — disse ele lá pelas tantas —, não é?

Quando mamãe enfim saiu da cozinha, puxei o cinzeiro para o meu lado da mesa. O que exatamente fazia este cinzeiro tão bonito, perguntava-me. Seriam as ranhuras do vidro? Ou o mapa da Europa? Talvez fosse esta a questão: a pessoa que fez o cinzeiro conseguira fazer com que a Europa inteira coubesse naquele pequeno espaço. Porque realmente parecia com a Europa, no detalhe.

O cinzeiro era uma das poucas coisas que sobraram da casa. Quase todo o resto havia sido jogado fora quando nos mudamos. O sofá verde foi para o lixão. Os quadros de tia Laura saíram das paredes e foram parar num saco de lixo. Ingemar tinha feito uma lista de todos os cômodos da casa e uma seta com o nome da pessoa cuja responsabilidade era esvaziá-lo.

O depósito era o meu lugar, mas insisti tanto que a mamãe concordou em me ajudar. Tinha esperança de que o contato com as coisas antigas provocasse alguma reação nela. Talvez a lembrança de algum evento, algo que ele costumava dizer, que a deixasse um pouco triste e a fizesse passar os dedos lentamente sobre seu velho gorro de pele. Coloquei as fotos em seu campo de visão e uma de suas blusas que eu sabia que ela gostava. Ela olhou para a blusa, sorriu e disse: "pegue se quiser, querido, combina com você", e passou para a prateleira seguinte.

A CIRCUNCISÃO ESTRAGOU o pinto de Katzman. Quando o prepúcio foi cortado, a glande entrou. Estava escondida entre as dobras da pele, tímida e envergonhada, como se não estivesse preparada para enfrentar o mundo sem sua tampa de proteção.

Olhei ao redor na sala de aula e constatei que conhecia as partes íntimas da maioria dos meus colegas do sexo masculino. Eram todas muito semelhantes.

Era diferente de uma escola convencional. No banho, depois da ginástica na primeira série, foi a primeira vez que vi o pênis de protestantes em grupo. Não pude ter uma noção mais clara, pois a professora tinha colocado uma espécie de touca de borracha em nossas cabeças que atrapalhava a visão, mas o que conseguia ver era impressionante. A grande variação era um contraste agudo àquela conformidade a que estava acostumado no contexto judaico. Provavelmente devido ao fato de que eu e todos os meus amigos fomos circuncidados pelo mesmo *mohel*. Todos, exceto Katzman, que deveria ter sido circuncidado pelo *mohel* de costume, mas, como este estava doente, tiveram que chamar alguém de Estocolmo, que chegou cansado e zonzo depois de cinco horas de carro.

Isso nunca teria acontecido nos Estados Unidos. Lá havia *mohels* em toda parte. Por isso é que todos que conhecemos amam os EUA. Eu tinha pensado nisso: o quanto o pessoal do meu grupo defendia e reverenciava Israel, mas era com os EUA que todos sonhavam. Lá, havia escolas inteiras apenas com judeus. Locais de veraneio, lojas, subúrbios. O iídiche era usado no cotidiano. Vendedores de *bagels* nas esquinas e, em toda parte, os *mohels*. Anúncios de *mohels* nas páginas amarelas. Páginas e mais páginas com *mohels*.

Em compensação, na Suécia, aqui eles apenas reclamavam. Achavam que a circuncisão era para bárbaros. A qualquer momento iriam proibir tudo. Papai e outros médicos da congregação precisavam, o tempo todo, defender nossa tradição. Sua tarefa era fornecer informações sobre como a circuncisão era boa por uma questão de higiene e enfatizar a nossa posição referente à fé. E, em minha opinião, o mais importante era manter a genitália de Katzman longe dos holofotes da mídia.

Katzman usava uma camisa de gola rulê bordô, que deslizava para cima e expunha suas costas quando se inclinava sobre a mesa. Na verdade era sua vez de apresentar, mas teve que esperar que Zaddinsky entrasse na sala de aula com uma menina com cabelos castanho-claros.

A professora Judith nos disse para ficarmos quietos. Zaddinsky cuspiu o chiclete no lixo ao lado de sua mesa e acenou com o braço na direção da menina de cabelo castanho-claro, que deu então um passo adiante, passou uma mecha de cabelo para trás da orelha, e se apresentou como Alexandra.

Ela era da União Soviética. Eu achava que os judeus soviéticos eram emocionantes. Detenção forçada em hospitais psiquiátricos, campos de trabalho, violência policial.

Durante o quarto ano inteiro tivemos os judeus soviéticos como matéria. No fim do ano letivo montamos a nossa interpretação do sequestro de Dymshits e Kuznetsov no salão de festas. Dezesseis pessoas estavam ao redor de uma mesa no palco. Vozes baixas. Pinga-pinga de um cano quebrado no teto. Eu representava Kuznetsov e tinha acabado de descobrir uma forma genial para escapar. Fingiríamos estar a caminho de um casamento e iríamos comprar as passagens num voo doméstico entre Leningrado e uma cidade de nome impronunciável. Durante o voo, minha melhor amiga (Sanna Grien) assumiria o controle e pilotaria o avião até a Suécia.

A professora estava eufórica na cadeira da fila da frente. Os pais aplaudiam cada réplica completa proferida.

Tudo foi meticulosamente planejado, mas nada saiu como o planejado. Já no aeroporto todo o meu grupo foi preso por dois policiais brutais (Jonathan Friedkin e Jaël Sopher). O piloto e eu fomos condenados à morte. No segundo ato, a punição foi atenuada sob pressão do Ocidente (Adam Katzman e Ariella Moysowich).

Os protestos poderiam ajudar. Era a mensagem da peça. Para aqueles que não foram capazes de entender isso, ficou claro quando todos os participantes, no fim da peça, foram até a frente do palco e leram essa mensagem, cada um com seu respectivo papel amassado.

Assinamos nas listas da embaixada soviética. Fizemos desenhos e escrevemos saudações encorajadoras. Bravos voluntários ultrapassavam fronteiras com cartas secretas. Mamãe e papai tinham feito isso uma vez. Eles contrabandearam livros de oração. Ouviram cliques estranhos quando levantavam o fone do telefone no quarto do hotel. Uma foto da viagem. Uma ponte cheia de neve. Mamãe num casaco bege com gola enorme. Papai num casaco comprido e com um chapéu de pele.

Alexandra se sentou ao lado de Sanna Grien. A professora Judith acenou para Katzman, que se levantou e caminhou confiante para o púlpito com uma grossa pilha de papéis na mão. Olhei para o pescoço de Alexandra e esperava que pudesse me apaixonar um pouco por ela. As outras meninas da turma não podiam ser consideradas opções. Talvez porque as conhecesse muito bem. Talvez porque fossem muito certinhas. Pelo menos era o que mamãe dizia de suas mães. Mirra e eu estávamos juntos com ela uma noite quando resolveu limpar o guarda-roupa. Ela mexia em suas roupas velhas, o rosto enrugado numa expressão entre o ódio e a suspeita. Será que realmente cheguei a usar isso, dizia ela. Eu não podia ser muito sã. Isso é coisa que Fanny Grien teria usado. De todos os insultos zombeteiros que dizia referente às roupas velhas, "Fanny Grien" parecia ser o mais grave de todos. Não era apenas um nome, era uma palavra-código para cortinas, carros pequenos, trabalho de meio expediente, reuniões de arrecadação com as meninas na quarta-feira e cursos de cozinha *kosher* às quintas-feiras à tarde, e percebi que mamãe estava gostando de empurrar as roupas contaminadas bem fundo dentro do saco de lixo preto.

Eu tinha um pouco de medo dos pais da Sanna Grien. Uma vez aconteceu de seu pai ouvir o que eu disse para Sanna, que não achava que Magic Morris Meyer fosse um mágico de verdade. A única coisa que ele era capaz de fazer era encher balões e dobrá-los para formar diferentes animais. Ele era contratado para todas as festas infantis organizadas por nossa congregação e fazia sempre as mesmas coisas o tempo todo. Era jeitoso, mas não o chamaria de mágico. O pai de Sanna sorriu no banco da frente. Então, será que eu poderia explicar como era feito? Já havia tentado fazer o mesmo? Porque ele já tinha tentado e os balões sempre estouravam. Não sobrava nada deles quando as pessoas comuns tentavam fazer animais. Como alguém podia encher esses malditos balões, um após o outro, e ainda fazer com que parecessem com animais, isso ele não entendia. E, se realmente não dá para entender alguma coisa, então é mágica.

Não, Sr. Grien, o senhor está errado. Para ser chamado de mágico, é preciso ter uma sensação de magia, algo que está oculto e de repente aparece do nada, algum tipo de surpresa de qualquer forma, e essa era a última coisa que se poderia dizer do que Meyer oferecia. Isso era o que eu gostaria de ter dito naquele Opel azul-escuro, mas não o fiz, só pensei nisso bem mais tarde.

APÓS A AULA, a Srta. Judith me parou e disse para eu entrar na sala do rabino.

A porta estava entreaberta. Abri-a lentamente e depois fiquei ali, perto do batente, do lado de dentro da sala, sem saber ao certo o que fazer. O rabino continuava trabalhando em sua mesa sem se preocupar comigo. Depois de um tempo ele murmurou algo que não era bem uma palavra, mas de qualquer jeito indicava que ele tinha percebido que não estava mais sozinho.

Sentei-me na cadeira azul do escritório e a girei suavemente de um lado para o outro. O escritório era tão pequeno que não dava para dar uma volta completa. Virando para a direita, batia os joelhos na parede. Para a esquerda, prendia os pés na estante.

A escrivaninha ocupava quase que a sala inteira. Livros de oração estavam empilhados, recortes de artigos de jornal pendurados com a metade do texto sobre a beirada, tubos de comprimidos para dor de cabeça que rolavam e espalhavam pó. No meio disso tudo havia uma máquina de escrever que o rabino atacava furiosamente com os dedos indicadores. Ele estava de camisa branca, óculos redondos e colete preto. O queixo era adornado com uma barba espessa, na qual os pelos brancos se destacavam em meio aos escuros. Às vezes ele arrancava o papel da máquina e amassava com uma das mãos. Murmurava e xingava enquanto escrevia. Como poderiam esperar que ele desse conta de tudo? Colunas no jornal da congregação. Discussões financeiras com o conselho da congregação. Eventos ecumênicos com padres e imames.

O telefone tocou. O rabino não atendeu. Pegou uma pilha de papel, deu leves batidas sobre a escrivaninha para alinhar as extremidades e afastou vários livretos que estavam no caminho do seu grampeador. Somente então se deu plenamente conta da minha presença. Ele se inclinou sobre a mesa, mexeu no meu cabelo, sentou-se novamente, disse por que me pediu para vir e fez algumas perguntas. Então o telefone tocou de novo. O rabino pegou o fone e disse: "*Later, Sarah darling, later*"; desligou e fez as perguntas de novo, mais devagar desta vez, com palavras mais suecas, como se a resposta que havia acabado de lhe dar fosse tão estranha que era provavelmente baseada num mal-entendido.

— Jay-cob... — disse ele e me olhou preocupado —, preciso te falar...

Sua esposa telefonou porque não podiam ter filhos. Quando estava estudando para o bar mitzvah, aconteceu muitas vezes de eu ser enviado para o corredor. *I need a moment here, Jay*, ele dizia, e então eu ouvia através da porta quando falava com uma voz suave e simpática.

— *Yes, Sarah. No, Sarah. I feel that way too, Sarah.*

— ... em toda a minha vida... acho que nunca vi *anyone*...

Sem filhos. Um escândalo. Um rabino, Sr. Weizman, deveria ter um garoto pendurado em cada perna, um subindo pelos rolos da Torá e mais um número não identificado brincando de esconde-esconde em sua barba.

— ... *so unaffected*.

O rabino tirou os óculos. Ele o limpou com a parte de dentro de seu colete e riu para si mesmo, mas parecia que era mais de preocupação do que de alegria. Os cotovelos estavam apoiados sobre a mesa e as mãos juntas, uma contra a outra em frente ao nariz. Depois de sentar-se imóvel por um tempo, balançou as mãos para a frente e perguntou se eu sabia o que era realmente um rabino.

Ao contrário das primeiras perguntas, para esta especificamente eu não estava preparado. Chutei sem força uma lata de lixo xadrez que tinha caído sob a escrivaninha. Um saco plástico cinza estava dobrado sobre a borda. Entre as folhas de papel amassado que enchiam o lixo, surgiu um pedaço de pera.

— Um rabino, Jay — disse ele, e entrelaçou os dedos —, é um *ordinary guy* que *happens to know* muita coisa sobre o que está escrito na Torá. Não há nada sagrado nele, ele não tem o poder de perdoar como um sacerdote, ele não tem um *shortcut* para Deus, ele tem isso — bateu num livro sobre a mesa —, e nada mais. — Voltou seu olhar para o livro, como se estivesse falando a ele agora; esfregou o pó da capa com cuidado e movimentos suaves. — Por sorte, isso dura muito — falou. — Mais do que se pode entender, porém, *amazing as it may be*, nem mesmo esta escritura poderá prepará-lo para todas as dificuldades que enfrentará no dia em que começar a trabalhar numa congregação. A partir do momento em que passa pela porta de novas sinagogas, e a cada dia daí por diante, de manhã cedo até tarde da noite, haverá sempre novas perguntas inesperadas para atacá-lo.

Ele virou as pontas dos dedos como se fossem garras e mostrou com ambas as mãos como se ataca algo.

— *Now* — disse ele, colocando o livro em cima de outros dois e passando toda a pilha um pouco para a esquerda. — Numa congregação pequena, quando há um conflito entre pessoas que se relacionam com muitas outras, todos tendem a escolher um lado, procuram um bode expiatório e dizem coisas que não querem dizer. Todos os dias entram pessoas aqui e exigem que eu faça alguma coisa. *Call him, call her*, convença seu pai a ir a uma festa de outono, peça a sua mãe para ficar em casa no Rosh Hashaná e no Yom Kippur. Eu nunca vou dizer essas coisas, não é meu *business*, mas Jay... — Ele esticou os braços em direções opostas e se inclinou tão para a frente sobre a máquina de escrever que pude sentir o calor de sua respiração. — Se um antigo aluno de bar mitzvah precisa de ajuda, isso é meu *business*. Se ele tem questões e não sabe como resolvê-las, isso é meu *business*. Se ele uma única vez estiver preocupado sobre como vai ser ir para a sinagoga, isso definitivamente é meu *business*. *Get it*?

Concordei sem estar completamente certo do que ele queria dizer. Ele tinha dito o que queria, pude ver isso nele, e agora era a minha vez. Tudo o que quisesse falar ou pedir, o momento era agora, mas não conseguia pensar em nada.

Através da porta, ouvi meus colegas saírem para o corredor. O rabino tinha sucumbido em sua cadeira. Por um minuto ele olhou pensativo para mim, até que se lembrou de que tinha um livro que queria que eu lesse. Ele se esticou até a estante e derrubou um monte de papel pelo chão. Antes que pegasse o livro que procurava, o telefone tocou de novo.

QUANDO PAPAI CHEGAVA em casa depois de ter viajado ou trabalhado até tarde, costumava cair de costas no sofá com a cabeça encostada no apoio. As pernas ficavam dobradas e formavam um triângulo com as coxas e a almofada do sofá. Mirra e eu vínhamos em nossos pijamas e nos revezávamos para balançar em sua perna. Ele as balançava de um lado para o outro e as levantava para que nos colocássemos como aviões e as estendia para que pudéssemos descer escorregando até sua barriga. Eu ficava assim por um bom tempo e pressionava as veias grandes e macias de suas mãos.

Às vezes, quando brigavam, minha mãe dizia que ele era mesquinho, mas eu não concordava. A relação de papai com o dinheiro era muito mais complicada. Isso o incomodava. Ele se sentia mal de ter que lidar com dinheiro. Criava diferentes sistemas que poderiam ajudá-lo a lidar com isso. Ele tinha pastas e sacos plásticos, papéis com os cálculos que eram colocados em pastas, que eram inseridas em arquivos. Isso lhe dava uma visão geral. Isso lhe permitia ver para onde o dinheiro ia. Mas não facilitava sua separação dele. Depois do jantar, ele ia para o escritório e folheava suas pastas com a testa apoiada na mão. A julgar pelos sons que saíam, poderia muito bem estar tentando controlar um touro bravo apenas com as mãos. Sentava-me para desenhar sob a mesa e ficava olhando seus pelos no vão entre as meias e a calça, que vibravam com todos os pagamentos, seguro de vida, previdência privada, recibos, recibos perdidos e *tzorres, tzorres, tzorres.*

Mas ele não era mesquinho. Apenas muito preocupado com a ideia de que o que ele havia construído pudesse entrar em colapso. Isso poderia acontecer a qualquer momento. Era por isso que ele era tão correto. Explicou-me isso uma vez quando esqueci o livro de história na escola. Era uma sexta-feira e nós teríamos uma prova na terça-feira. Quando papai chegou em casa e foi informado sobre o livro, ficou ensandecido. Acelerou até a escola e tentou abrir as portas trancadas, depois voltou para o carro e fomos até um posto de gasolina, achamos uma lista telefônica e ligamos para a casa do zelador, que nos acompanhou até a escola e nos deixou entrar.

Antes do meu bar mitzvah, ele me levou para a sinagoga todos os sábados durante quase um ano.

Não abria exceções. Mas não achei que fosse só por minha causa. Ele também gostava de ir, tirar o carro da garagem na manhã de sábado e ser capaz de escolher entre todas as vagas do estacionamento da quadra em volta da congregação, que só estavam disponíveis a esta hora do dia.

Durante cerimônia religiosa me mostrava com o dedo indicador onde estávamos na leitura. Ele apontava o texto até perceber que eu estava acompanhando, depois martelava contra a página quando percebia que eu perdia a concentração. Na maior parte do tempo, sentava-se entre mim e meu avô, com o livro de orações em seu colo e girando o xale de oração, mexendo com o fio branco em torno de seus dedos.

Alguns sábados ficávamos lá após o *kiddusch.* No salão de festas serviam café, sanduíche de queijo e uísque em pequenos copos plásticos. Zaddinsky informava sobre as finanças da congregação, e os mais velhos procuravam papai para relatar suas doenças. Esposas preocupadas puxavam seus cônjuges relutantes. Homens constrangidos falavam sobre impotência sexual através de eufemismos. Tias com prisão de ventre descreviam suas preocupações em detalhes: "durante a segunda-feira inteira foi parada total, nem um *kipper* apesar de ter bebido meio litro de água assim que me levantei, na terça-feira cedo bebi 700 ml e comi metade da couve-flor e agora vou te contar o que aconteceu..." Papai escutava, confortava, explicava e realizava exames no local. Na mesa, se fosse algo mais simples, como um braço ou a mão. Em outras situações, atravessavam a porta vaivém e iam para a cozinha.

Conhecimento, Jacob. Foi isso que fez papai avançar como um foguete através do céu da medicina. Era o mais jovem de seu departamento. Já tinha ido aos EUA para dar palestras. Tinha pacientes agradecidos por toda a cidade, que o ajudavam a colocar grande parte da economia da família no setor informal. Se surgisse alguma nuvem de despesas um pouco ameaçadoras, como quando os amigos decidiam todos sair para uma viagem de férias de esqui, ele passava algumas horas extras no escritório, fazendo cálculos avançados e grandes gotas extras de suor caíam sobre o seu caderno e deixavam os números turvos. Então ele deixava o telefone fora do gancho. Alguns dias depois, um carro com a capota cheia de logos colados parava em frente à nossa casa, e um senhor de rosto vermelho entrava e colocava botas, macacões, luvas de esqui, gorros, tudo sobre a mesa da cozinha e dizia que era o mínimo que ele podia fazer, realmente o mínimo.

Quando papai e mamãe brigavam, eles tendiam a ficar amigos de novo na cozinha em frente ao fogão. Eles se abraçavam forte e longamente, e aos pés deles, Mirra e eu participávamos dessa reunião feliz. E assim as coisas continuavam, ele abençoava o pão do *Shabat,* tomava a minha lição de casa, fumava o único cigarro do dia na cama com mamãe, tarde da noite, até que não pudesse mais resistir. Até que seus braços perdessem as forças e ele fosse vencido pelo sono.

UMA MANCHA QUENTE foi deixada para trás quando o avô se inclinou para a frente. A camisa listrada se esticava em suas costas largas até a calça, onde seu cinto brilhante conseguia mantê-la para dentro com grande dificuldade. Há 35 anos ele pertencia à sociedade funerária — *Chevra Kadisha* —, e o número de novos membros nunca havia sido tão baixo quanto agora.

Era uma missão muito honrosa a que a *Chevra Kadisha* realizava. Lavar os mortos e cuidar deles na capela antes do funeral era uma das mais importantes tradições do judaísmo. Uma vez por ano também se organizava uma grande festa para todos os membros da sociedade, e meu avô costumava realizá-la como se fosse um último trunfo, irresistível aos seus olhos, na época em que ainda conversava comigo sobre o assunto. Agora não havia mais esperança. Eu não fazia parte dos jovens judeus altamente desejados pela *Chevra Kadisha*, e meu avô não fazia esforço algum para esconder o quanto isso o deixava triste.

Mamãe Moysowich o escutava com o rosto cheio de piedade. Ambos tinham análises semelhantes do que havia saído errado. Quase todos que estavam em torno da mesa de café se juntaram e repetiam as explicações. O mesmo conteúdo, com mínimas alterações: hoje os jovens não têm tempo, são atraídos por outras coisas, não, eles não entendem o significado, e não têm tempo, é tanta coisa que os atrai, não percebem o significado...

Papai tinha concordado em ajudar, às vezes. Lembro-me de que vovô levantou a questão no dia seguinte ao que ele defendeu sua tese de doutorado. Papai estava recostado numa cadeira de jardim, com o braço estendido por trás das costas de mamãe. Ele ainda estava exausto depois das comemorações do dia anterior e dos meses de desgaste que tinha atrás de si. Durante toda a primavera ele ficara acordado até tarde da noite e trabalhara por trás de uma torre de livros.

Papai foi tolerante com vovô, que, com sucesso limitado, perseguia as vespas que insistiam em voltar para seu prato. Apenas como uma ajuda extra, vovô tentava. Apenas quando convinha. Precisavam de toda a ajuda que pudessem. Até mesmo temporários, disse o avô batendo com a palma da mão contra a parede, são bem-vindos às festas hoje em dia.

Segundo vovô, vovó era um exemplo dos problemas da sociedade. Sua morte foi tratada de forma lamentável desde o começo. Ter levado cinco noites entre a morte e o enterro era algo deplorável. Não haver pessoas para olhá-la nem ao menos por uma noite não era nada menos do que um desastre. Os lábios do vovô estavam voltados para dentro. Ele balançou a cabeça, levantou a xícara de café vazia, verificou alguma coisa em seu interior e a pousou no pires novamente. Doía-lhe, disse ele, que membros de longa data fossem obrigados a passar a última noite acima do solo num necrotério, cercados por estranhos. Se pedíssemos, o rabino poderia vir e ler uma *brachá* e seria um pequeno consolo, mas nem vovô, mamãe Moysowich ou qualquer outra pessoa ao redor da mesa de café achava que isso chegasse aos pés do tratamento dado aos judeus de Gotemburgo falecidos num passado não tão distante.

A POLTRONA NA qual mamãe se sentava era larga e equipada com um encosto de cabeça regulável. Para os pés havia um apoio projetável em plástico de um tom escuro de cinza. O estofamento da poltrona era vermelho-escuro e, portanto, diferente da cor da sala de estar e dos outros móveis. Das lâmpadas nos cantos arredondados, das cortinas rosa-creme até as maçanetas douradas com o formato das letras I e D na porta da varanda, havia um estilo pessoal e coerente, pelo qual mamãe costumava ser elogiada.

Ela tinha um fraco por elogios. Especialmente por algo em que ela tivesse trabalhado muito, como na casa. Saí de lá pouco tempo depois que mamãe e Ingemar a compraram. Mirra me contou como cuidadosamente decoraram cada cômodo, e quase todas as vezes que eu ia visitar, descobria novos detalhes. Vasos nas prateleiras do banheiro, enfeites divertidos sobre as esquadrias. Bonecas com vestidos longos nas estantes.

À noite, assistindo à televisão, mamãe pensava em novas áreas que poderiam ser mobiliadas. "Talvez um tapete desses do lado de fora do quarto de Mirra, ou não, não caberia, mas um que fosse um pouco menor." Quando achava que Ingemar não respondia rápido o bastante, encostava em sua cadeira e o cutucava com os dedos. Ela costumava ter uma grande tigela de pipoca equilibrada sobre as coxas. Gostava de pipoca, *pop-corn*, como gostava de tudo que tivesse duas palavras curtas juntas. Tique-taque, *non-stop*, zigue-zague, Sor-bits, *hot-dogs*. Muitas vezes, quando eu era pequeno e a acompanhava enquanto fazia compras na cidade, ela achava que devíamos terminar o passeio cada um com o seu cachorro-quente especial do Heden. Como se não fosse violência suficiente às leis kosher, ela comprava também um achocolatado Pucko para compartilharmos. Comíamos sentados num banco, juntinhos para nos protegermos contra o vento do mar, que acelerava perto dos campos de futebol. Depois, no calor do carro, ela limpava o ketchup da minha boca e perguntava o que havíamos comido. Hambúrguer de peixe, dizíamos juntos e em seguida levantávamos nossos polegares um contra o outro por cima da marcha.

Mamãe chamava o controle remoto de "remoto". Às vezes *the remote*. Ela começou com essa expressão nos anos fúteis no início de seu casamento com Ingemar, quando ambos trabalhavam muito e usavam a casa para esvaziar sacos do *duty free* e abrir convites. Uma manhã, quando chegaram em casa depois de um congresso internacional, mamãe disse que iriam parar de usar o sueco em sua comunicação mútua. *In order to improve we shall from now on speak English to one another.* O ponto alto da época glamorosa veio quando ambos saíram numa foto polêmica na revista de celebridades *Hänt i veckan*. Um hotel havia sido aberto perto do porto e reuniu grande parte da elite econômica, artística e política da Suécia ocidental na festa de inauguração. Sem saber o que a esperava, vovó folheava a revista em seu cabeleireiro. Quando viu sua filha e seu novo genro imortalizados ao lado de Göran Johansson, Siewert Öholm e Sonya Hedenbratt, aconteceu de ela amarrotar a página de pura emoção. Ligou para a redação e pediu cinco exemplares, recortou as fotos e as colocou na geladeira. Vovô, por sua vez, pegou nossa foto antiga de família da gaveta e colou o rosto de Ingemar em cima do de meu pai.

A poltrona larga fazia barulho quando mamãe a colocava na posição normal. Ela apontava para um ponto entre os ombros. "Alguém pode me ajudar?" Relutantemente, Ingemar saía de seu lugar no sofá do meu avô e a ajudava a tirar a almofada de borracha cor de laranja que tinha atrás do pescoço. Com um gemido de alívio mamãe se ajeitava, calçava os chinelos e desaparecia na cozinha.

SEGUNDO VOVÔ, A Europa era o pior continente do mundo. Na realidade, comparava apenas aos EUA e, neste confronto, a parte do mundo na qual ele vivia perdia em todos os aspectos que considerava importantes. Piores filmes. Pior humor. Pior comida.

Da Europa toda, ele achava a Escandinávia a pior. Classificava os países da Escandinávia assim: 1. Dinamarca. 2. Noruega. 3. Suécia. Considerava que a Finlândia pertencia à União Soviética e, portanto, não contava.

Das três maiores cidades da Suécia, ele encontrava circunstâncias atenuantes para Estocolmo (grande congregação judaica) e Malmö (perto da Dinamarca).

Ele podia descrever durante todo o jantar, com um sotaque típico de Gotemburgo, quão ruim era a cidade em que vivia, como era feio o parque de Slottsskogen, como a Avenyn era ridícula e pequena sob uma perspectiva internacional, como os turistas estrangeiros riam do que o Liseberg tinha a oferecer. O tempo todo com um grande sorriso de satisfação nos lábios.

A única coisa que ele não atacava era o Blåvitt.

Conseguíamos ver os refletores do estádio Nya Ullevi da janela da cozinha da casa de meus avós. Quando o Blåvitt jogava, meu avô ficava tão nervoso que não se atrevia a ouvir o rádio. Ele se sentava com a mão na frente da boca e esperava pelos aplausos do estádio.

Meus pais e seus amigos também costumavam se queixar de Gotemburgo e da Suécia. Às vezes alguns deles vinham nos visitar e a gente sabia, só pelo jeito como puxavam a cadeira e afundavam na mesa da cozinha, que algo estava acontecendo. E logo começavam a falar sobre o erro que havia sido terem ido morar ali, no fim do mundo, com o nosso destino nas mãos de um povo tão metido e cheio de sua própria superioridade moral que nem sequer considerava a necessidade de ter um deus. Todos os outros lugares eram melhores. Cada dia era um fracasso. Desde a expulsão de Israel, era bem possível que nenhum outro judeu tivesse ficado longe de casa por tanto tempo.

Eu sabia que não era tão grave como parecia, mas sabia também que era uma das coisas que nunca poderiam ser ditas para os não judeus.

Quando Rafael chegava de Israel no verão, começava a reclamar já no aeroporto. O silêncio no hall de chegada, o bem-estruturado estacionamento e a rodovia moderadamente movimentada que via pela janela do carro o inspiravam a longos ataques contra o país onde ele cresceu.

Na primeira vez em que Ingemar foi junto para buscar Rafael, ele se manteve mais comedido. Cumprimentou Ingemar com educação, respondeu corretamente às suas perguntas e se sentou de forma tranquila entre mim e Mirra no banco traseiro.

Apenas quando passamos por uma grande área arborizada pouco antes da entrada para a cidade, ele começou: "... malditas árvores, malditas leis, comida nojenta e nenhuma tradição, apenas impostos, bebidas, sujeira, social-democratas, e o povo lambendo a bunda da OLP, de

Gahrton e Guillou..." e ouvi como a respiração de Ingemar tornava-se cada vez mais tensa no banco da frente, até que saiu da estrada e, com as mandíbulas cerradas, declarou que *não* toleraria esse tipo de raciocínio em seu carro.

Brigas similares aconteceram ao longo dos anos. Normalmente começavam entre Rafael e Ingemar, mas depois de alguns minutos todos estavam envolvidos. Os combates nunca acabavam, fazíamos apenas pequenas pausas em que todos podiam descansar, lavando as feridas e reunindo forças para a próxima batalha. Algumas vezes, por iniciativa de Mirra, seguindo a sugestão de falar tudo o que os incomodava. Ingemar e mamãe de um lado da mesa de centro, Rafael, Mirra e eu do outro, os olhos brilhando e os braços cruzados. Às vezes estavam presentes também algum namorado ou namorada. Se papai Moysowich estivesse presente, ele estaria sentado na mesa de jantar, olhando tudo de longe. Essas conversas duravam em média uma hora e resultavam principalmente em novos combates entre mamãe e Ingemar, entre nós, irmãos, e quando alguém finalmente se atrevesse a mencionar o meu pai, mamãe voava para o quarto, com lágrimas em cascata pelo rosto, as mãos tampando os ouvidos e a voz fina, um pouco áspera, gritava:

— Continuem, é tudo culpa minha, sou a pior mãe do mundo, aqui está a pior mãe do mundo.

NA MANHÃ ANTES do Yom Kippur, a segunda grande celebração do outono, Mirra e eu estávamos sentados à mesa do café. Não comi do pão que estava na mesa, nem bebi do chá. Era meu primeiro Yom Kippur desde o bar mitzvah, o que significava que pela primeira vez era obrigado a jejuar o dia todo.

O cinto do roupão branco de mamãe batia como asas de morcego toda vez que ela se levantava. Ela buscou seu maço de cigarros, arrumou o cabelo de Mirra, pegou mais café quando percebeu que já tinha esvaziado sua xícara. Ela costumava tomar apenas alguns goles durante o café da manhã e, em seguida, levava a xícara consigo pela casa. Ia com ela até a pia da cozinha, à bancada em frente ao espelho do banheiro e, no final, era deixada sobre a cômoda do quarto, com um resto de café frio no fundo e grandes marcas de batom cor-de-rosa na borda.

Alguns minutos depois de papai Moysowich ligar e dizer que estava a caminho, fui com Mirra até o hall de entrada. Já estava com a mão no trinco da frente quando mamãe mais uma vez perguntou se realmente não achávamos que seria chato ela não ir junto. Sabíamos qual a resposta que ela estava procurando e lutamos para conseguir formular da forma mais convincente. "Têm certeza?", gritou ela da cozinha. Disse a ela que até o rabino tinha falado que muitos da congregação achavam melhor que ela não fosse.

Por um momento se fez silêncio na cozinha. Então ouvi como mamãe, com movimentos irados, tirou a mesa e depois investiu contra as portas dos armários. Ingemar tentou convencê-la do contrário, antes mesmo de ela tomar sua decisão. Menos de meia hora mais tarde, mamãe patinava com seu Volvo numa vaga livre no fundo da loja de esportes ao lado da sinagoga.

Mirra e eu corremos atrás dela. Os saltos batiam no chão. Ela agarrou as portas marrons, arrastou Mirra com ela até as escadas para o balcão superior feminino e passou por cima das pernas das outras mulheres, com seu casaco preto debaixo do braço.

No andar de baixo, entre os homens, Rouxinol se virou fazendo sinal, pedindo silêncio com o dedo diante de seus grandes lábios azuis. O rabino pigarreou, alguns batiam os pés no chão, e o murmúrio aumentou e enfraqueceu até que Zaddinsky bateu palmas e trovejou *schweig*.

PAPAI ESTAVA COM seu terno preto. Gravata escura com clipe de ouro.

Ficamos bem no meio na fileira de bancos da esquerda. Vovô estava sentado no canto, mais perto da passagem. Papai estava bem ao lado dele. Havia dois pequenos cartões com seus nomes em letras brancas sobre fundo cinza presos no púlpito à nossa frente.

O livro grosso do Yom Kippur de papai estava aberto, encostado na madeira marrom. Uma folha ficou em pé, balançando de um lado para o outro, como se não pudesse se decidir para que lado ir.

Na caixa que pertencia ao banco de papai, cada um de nós tinha sua sacola de veludo azul com um xale de oração — *talis* — e tiras de oração — *tfilim*. Havia também uma luva suja, juntamente com uma mensagem de Ano-Novo que Mirra tinha feito no curso de hebraico.

Papai estava com os braços firmemente apoiados sobre o corpo e mordiscava a unha de um polegar. Vesti meu *talis*, inclinei-me contra o banco e encostei a cabeça em minhas mãos.

As horas se arrastaram lentamente.

Os rolos da Torá foram retirados do grande armário e todos tiveram que ficar de pé. Os mais velhos foram chamados para ler. O cantor manteve um braço sobre a escritura. Os anciãos terminaram de ler e o rolo da Torá passou ao redor da sala. Depois podíamos nos sentar por vinte minutos e tudo começava novamente.

Eu contava as estrelas de davi no papel de parede embaixo do balcão. Saí um pouco para beber água. Quando voltei percebi que o *schtunk* tinha começado de verdade.

O *schtunk* é o que ocorre quando centenas de pessoas em jejum passam um dia inteiro nas mesmas instalações. O cheiro era uma mistura de acetona e lixo velho. Piorava a cada hora. Isso fazia com que os que chegassem mais tarde dessem meia-volta e fossem embora. As mulheres grávidas praticamente tropeçavam até a saída com as mãos na frente da boca. O cheiro vinha dos mais velhos, dos restos de comida entre seus dentes, sobrepondo-se ao odor agitado dos fofoqueiros das últimas fileiras e ao hálito azedo do líder da congregação, que pedia silêncio. Exalava também o conteúdo das fraldas pesadas dos bebês e o ranho de seus irmãos mais velhos, misturado com as partes mais difíceis de lavar da barba do rabino e subia, subia, subia, todos os 8 metros até o telhado onde se fortalecia, se virava e mergulhava sobre os balcões e bancos.

Meus pés congelaram. Jonathan Friedkin veio até nós e perguntou se eu queria ir com ele para ajudar a cuidar das crianças na escola da congregação. Recusei.

O SANGUE FOI ficando preso no meu dedo indicador, que ficou vermelho, roxo, azul. Amarrei o mais apertado possível ao redor da parte superior do dedo e esperei que latejasse, antes que soltasse e visse a cor mudar. Continuava a pulsar por um tempo, cada vez mais fraco, até que tudo que restava era uma agitação que dava cócegas na ponta do dedo.

Se segurasse minha mão num certo ângulo, as veias ficavam tão grossas quanto as de meu pai. As da minha mão esquerda pareciam um Y, com longos vasos sinuosos até os dedos. Era uma mão dessas que estava querendo. Mãos que podiam batucar o ritmo nos joelhos, mãos que podiam dar uns tapinhas nas costas de alguém que tinha feito algo de bom. Um tipo de mão que podia dar um belo tapa nas costas de alguém, um aperto de mão firme, *skoyach*, meu amigo, realmente *skoyach*.

No meu bar mitzvah, assim que terminei de ler minha parte da Torá, as pessoas deixaram seus assentos para me parabenizar. Amendoins choviam sobre a minha cabeça vindos dos balcões e levei vários tapas nas costas e trancos nos ombros de alguns homens, abraços exagerados das mulheres, mãos frias e beijos molhados das pessoas idosas.

Só Moshe Dayan estava irritado. Ele não gostava da tradição de jogar amendoins sobre as crianças do bar e bat mitzvah. Era ele que tinha que limpar a sinagoga depois, tirar as manchas de gordura do tapete vermelho, retirar os grãos de sal dos pinos de metal que sustentavam o carpete na escada para o compartimento da Torá, limpar manchas de caroços pisoteados que se juntavam na base de cada um dos degraus. Ele não era o único que limpava a sinagoga, mas era o que levava mais a sério, quem mais se importava com a aparência, quem avaliava qualquer sujeira desnecessária como um insulto pessoal.

— Pirulitos — disse ele quando saiu para o pátio e presenciou, mais por razões masoquistas, a devastação novamente. — Por que não podíamos simplesmente ter continuado com os pirulitos?

Durante vários anos eram pirulitos Dumle que as meninas jogavam para baixo para comemorar o bar ou bat mitzvah. Moshe Dayan lembrava-se de maneira nostálgica da época dos pirulitos, mas o fato era que também não havia sido feliz com eles. Pois até mesmo aquelas balas resultavam em lixo, papel e palitos por toda parte, um garoto que tinha comido apenas a metade e deixado o resto no tapete, e, além disso, havia muitos idosos aterrorizados com o risco de serem atingidos por um deles.

— Ficam pesados quando caem de certa altura — Dayan tinha dito na época, quando era contra os pirulitos que tinha de lutar. — O que havia de errado com aquelas balas em forma de carrinhos?

O rabino Weizmann era quem havia decidido pelos amendoins. Ele havia proposto uma versão sem sal quando Dayan reclamou. Sem sal, sem manchas de gordura, sem migalhas que brincam de esconde-esconde sob as hastes da escada. O zelador não estava disposto a ir tão longe. Sem sal, que sabor teriam? Tire o sal dos amendoins e o que sobra é um pedaço irregular de madeira. Seca. Insípida. Não era uma forma digna de se acolher um jovem judeu na data em que ele ou ela entraria na idade adulta, então preferiu o trabalho pesado, mas deixaria claro para o rabino que não o faria com alegria.

Toda vez que trocávamos de rabino reavaliávamos a configuração para definir quais produtos poderiam ser usados nos eventos. Uma vez por ano, recebíamos uma lista dos itens aprovados pelo rabino-chefe da cidade de Estocolmo. Era para ser usada como diretriz para as congregações suecas, mas nossos rabinos nunca se importaram com isso. Cada novo rabino tinha sua interpretação das leis kosher, estudava minuciosamente cada produto — o queijo na geladeira da cozinha do salão de festas, o café, o leite em pó, o suco concentrado, o vinho do *kiddusch*, biscoito sem açúcar de Zaddinsky, o Frolic sabor carne de Zelda — e escrevia novas leis.

Os doces, particularmente, sofriam uma dura revisão. Eram considerados importantes porque eram do interesse das crianças. Éramos a nova geração, o futuro, e era de importância vital que não consumíssemos algo que nos levasse para o caminho errado. O pirulito Dumle estava sempre em apuros; um rabino permitia e o seguinte proibia. A mesma coisa com as balas de carrinho Ahlgren. Geralmente aceitas pelos rabinos europeus, estavam na lista negra dos americanos.

Ninguém podia realmente explicar por que nossa congregação mudava tantas vezes de rabino. As explicações dadas, como clima ruim, congregação pequena, país distante, não eram suficientes. Outras congregações escandinavas tinham as mesmas condições, mas ainda assim conseguiam manter seus rabinos. Em Copenhague tiveram um único rabino por 15 anos.

Houve uma incerteza sobre quantos foram durante o mesmo período. Dependia de como se contava. Será que, por exemplo, deveriam ser incluídos apenas aqueles que realmente eram rabinos ou também os que se diziam ser? Deveríamos contar aqueles que a congregação aceitou, que assinaram um contrato, mas que depois nunca mais apareceram? E aqueles com a imagem de corpo inteiro na primeira página, uma manchete de "FINALMENTE", um grande sorriso, os ombros envoltos pelo braço de Zaddinsky orgulhosamente estendido, mas que desapareciam sem deixar rastro antes que a próxima edição do jornal fosse impressa? O que faríamos com esses?

Lembrei-me de um belga com uma barba vermelha, um israelense um pouco distraído, de outro que esteve num campo de trabalho soviético e tinha mau hálito, outro ainda que só sabia falar alemão e que costumava me jogar para o alto no saguão. Meus pais costumavam chamá-lo de Rosen. Ele tinha chegado à nossa congregação numa noite de primavera em meados dos anos 1970. Zaddinsky estava sozinho em casa, sentado na poltrona bege de seu escritório, e colava etiquetas de endereço nos envelopes de aviso de pagamento quando o sinal da campainha atravessou todo o edifício. No monitor monocromático da recepção, viu um jovem de blazer de veludo apertado e cabelo abundante. O estranho tinha uma sacola militar numa das mãos. Com a outra segurava a identificação de rabino contra a câmera de vigilância.

Ele veio de navio, disse que era de Boston, mas falava inglês com um leve sotaque espanhol. Nos meses seguintes, mudou os eventos da sinagoga, que antes eram razoavelmente calmos, com balanços e performances ardentes. Os serviços religiosos de sexta-feira duravam mais de três horas. Andava por entre os bancos, pedia às mulheres que descessem dos balcões, interrompia as orações para fazer perguntas, exigia respostas e não desistia até que pudesse sentir a presença de Deus no local.

Então, um dia, ele se foi, também. Nem uma pista de para onde tinha ido. Nenhuma sinagoga em Boston conhecia alguém com o seu nome. A escola de rabinos que imprimiu seu diploma confirmou que ele tinha sido aluno de lá, mas ninguém conhecia nem a família nem amigos próximos. A única pista que surgiu foi a de uma prima de Katzman, que viu alguém que se parecia com ele liderando um grupo de turistas numa rua em algum lugar na Índia. A rua era estreita e estava cheia de gente, por isso ela não teve a oportunidade de se aproximar para olhar direito e ter certeza.

Alguns alegavam que havia uma maldição sobre nós. Tempos atrás, éramos como as outras congregações, com rabinos que permaneciam até que estivessem muito velhos, doentes ou morressem. Há muito tempo, muito antes da guerra, houve um rabino que se recusou a parar, embora tivesse mais de 90 anos. Estava tão débil que dois homens precisavam ajudá-lo a chegar até o púlpito. Sua voz era tão fraca que somente aqueles que estavam mais próximos podiam ouvi-lo. No entanto, insistia em liderar todos os cultos. Nem mesmo o fato de que muitas vezes aconteceu de ele deixar cair o rolo da Torá quando o tirava de seu compartimento o fez mudar de ideia. A pena para esse delito era um jejum de quarenta dias. Como um período de quarenta dias era demais para um único indivíduo, então estes deveriam ser divididos entre todos os presentes no momento da queda do rolo.

O velho rabino ficava cada vez mais fraco e mais teimoso a cada ano que sobrevivia. Depois de um inverno particularmente difícil, não tinha sobrado muito mais que um esqueleto transparente. Toda vez que se aproximava do compartimento da Torá para pegar um rolo, a congregação prendia a respiração. Depois de um tempo, as pessoas começaram a aplaudir. Nada ajudou. Ele sempre deixava-o cair. Nas grandes e pequenas festas, nos *Shabbes* e em dias da semana, cerimônias de manhã, à tarde e aos domingos, quando eles deveriam ser apenas espanados. Deixava-os cair nas tábuas de madeira da sinagoga, no tapete vermelho, deixava-os cair pelos degraus do púlpito e uns sobre os outros dentro do compartimento, o que provocava uma reação em cadeia em que todos caíam.

O conselho da congregação calculou que se somassem tudo e dividissem entre os membros do grupo, incluindo os meninos que teriam seu bar mitzvah dentro do próximo ano, todos precisariam jejuar por pelo menos um mês seguido, para pagar por todas as penitências.

Não achavam que era uma boa ideia provocar os membros com tanto sacrifício, quando logo seriam obrigados a recomeçar tudo de novo. Decidiram virar a página quanto ao que aconteceu e parar de contar.

Somente quando resolvêssemos esse problema, estaríamos livres da maldição.

PAPAI DOBROU SEU *tallis* e o colocou na caixa. Pegou um isqueiro emprestado de um homem com chapéu de marinheiro que estava sentado no banco à nossa frente.

Deixei os braços pendendo ao lado do corpo e olhei para o chão. Quando mexia com os pés, parecia que as borlas em meus sapatos dançavam umas com as outras. Havia descoberto isso com Sanna Grien na minha festa de bar mitzvah. Sua família tinha sido uma das primeiras a chegar. Depois que abri o pacote, ficamos lado a lado, de costas para a mesa de presentes. Não falamos muito, só ficamos lá em nossas roupas de festa olhando para as mesas com lindas decorações. Comecei a balançar as borlas e a lhe dar vozes. Sanna riu até ficar com soluços e isso fez com que risse ainda mais. Não conseguiu parar nem quando vovô, Mame e tia Irene chegaram um pouco depois. Mame entregou seu presente com a voz e as mãos vibrando de seriedade. Tive que fingir que estava curioso para saber o que estava escondido no pacote, embora Mame tivesse revelado para mim vários meses antes.

— Não quero que diga isso para sua mãe e seu pai — disse ela. — Mas para o seu bar mitzvah, Jacob, quero lhe dar algo importante. Uma lembrança. Não uma camisa nova. Não uma nota de 100 num envelope. Eu quero lhe dar... — Seus olhos vagaram para os lados para se certificar de que ninguém estava escutando. — Um cálice de *kiddusch*, que irá utilizar ao longo de sua vida. Quer vê-lo agora?

Tinha um barulho abafado retumbando no meu estômago. Estava com dor nas pernas e minhas costas ardiam.

A superfície do banco estava coberta com uma espessa camada de cor marrom, uma tonalidade cremosa, como se tivesse sido pintada com pudim de chocolate. Era macia para encostar a bochecha. Aproveitei para verificar quanto tempo poderia ficar com a boca aberta sem começar a babar. Um, dois, três. Contava os segundos na cabeça. 34, 35, 36. Fechei os olhos. 71, 72, 73. Yom Kippur. 1973. O alarme de ataque havia soado às duas horas da tarde. Logo depois a notícia chegou às agências de notícias. O rabino interrompeu o culto e todos correram para a casa da congregação. As camisas longas e as grossas costeletas davam a sensação de superlotação no escritório de Zaddinsky. Mamãe me carregava na barriga. Rafael parecia o Mogli. Papai não tinha bigode.

Gostaria de ter vivido nessa época. Toda a congregação reunida em frente a um rádio que chiava, alguns corriam e telefonavam para seus parentes em Israel, crianças com blusas quentes brincavam no chão. Poderia ter sido um deles e meu pai chamaria a mim e Rafael, iria nos colocar no colo e nos explicaria o que estava acontecendo, os ataques chocantes do norte e do sul, sobre nossas tropas que se apoiavam umas nas outras, a sede em Jerusalém, onde as nossas mais afiadas mentes e corações valentes faziam tudo o que podiam para talvez, talvez, reverter a desvantagem impossível.

89, 90, 91. Um quarto escuro. 102, 103, 104. Políticos nervosos. 117, 118, 119. Más notícias. Golda acendia um cigarro no outro e chamava seus ministros de idiotas. Não tinham sido capazes de farejar a guerra no ar, e agora não conseguiam decifrar rapidamente os planos dos Estados Unidos. O país estava a apenas algumas horas da extinção se nada de radical acontecesse. Golda viu a carnificina à sua frente. Talvez nossos inimigos demonstrassem piedade se desistíssemos agora. Sim, ela decidiu, tinha que ser assim. Ela estava com o telefone na mão quando entrei na sala. "Espere", gritei. Um coronel riu de mim. Golda disse baixinho: deixe o menino falar. Ao mesmo tempo mudou o mapa na parede atrás de nós com as imagens em preto e branco dos pioneiros que lutavam por um terreno árido do deserto, os trens de carga da época da guerra passaram rapidamente, nazistas com fuzis nas mãos que empurravam os prisioneiros à sua frente. E lá estava Ben-Gurion no Museu de Tel-Aviv, e soldados no Muro das Lamentações. Lá estiveram o vovô e vovó de férias em Natanya, lá brincaram crianças loiras, morenas, europeias e orientais juntas numa creche, onde se alinhavam e cantavam "Hatikva".

Levantei a cabeça rapidamente e enxuguei o rosto com as costas da mão. Uma poça de saliva do tamanho de uma moeda de cinco coroas havia surgido no banco, abaixo da minha boca. O coração batia rápido. Olhava para a frente tentando encontrar uma postura tão confiante e despreocupada que poderia compensar o que tinha acabado de acontecer. Não deu. Coloquei as mãos nos bolsos e saí.

OLHEI PARA A RECEPÇÃO e para a entrada do escritório de Zaddinsky. Fui ao banheiro e vi que todas as cabines estavam vazias.

Mirra estava brincando com seus amigos na escada. Quando perguntei se tinha visto papai, ela balançou a cabeça.

Subi as escadas com a mão no corrimão de plástico preto. As portas do salão estavam trancadas. Ninguém estava sentado nas cadeiras de madeira.

Numa das salas de aula do terceiro andar havia várias mesas amontoadas em duas fileiras, com as laterais voltadas ao púlpito. Crianças colavam miçangas peroladas e preenchiam páginas com texto em hebraico e inglês. Numa cadeira ao lado do quadro-negro havia uma pilha de clássicos ilustrados, especiais do verão de 1977.

A edição falava do Egito e a congregação tinha comprado uma centena de cópias. Estavam largadas e desarrumadas sobre o sofá, no salão atrás do palco, e eram as únicas histórias em quadrinhos que se podiam pegar emprestadas na biblioteca no fim do corredor. Quando era menor, só tinha sido capaz de ler a primeira metade. Tudo corria bem enquanto Moisés era criança e vivia como um príncipe. Mas depois, quando ouviu quem realmente era, matou com brutalidade um capataz e se escondeu no deserto, falou com Deus e voltou para libertar seu povo. Nessa hora tive que parar. Na revista, o faraó era completamente careca, com olhos afiados, e se tornava cada vez mais desagradável quanto mais se irritava com os teimosos israelitas. Eu sabia que não seria capaz de dormir se olhasse muito para ele. Às vezes estava sentado com a revista à minha frente, abria a última página, olhava nos olhos terríveis do faraó e logo fechava.

Um forte cheiro de fritura do restaurante chinês entrou pela janela aberta. Jonathan Friedkin estava sentado com Sanna Grien e Alexandra ao fundo na sala. Ele me chamou com um baralho na mão. Sobre a mesa havia um caderno e um sanduíche duplo comido pela metade. Um copo de plástico com suco de laranja tinha sido derrubado. Algumas gotas ainda estavam lá, na ranhura das laterais e no fundo dele.

Jonathan dividiu o baralho em duas partes e pressionou as bordas. Sanna fez uma cruz grande sobre as três colunas que tinha desenhado no caderno. Riscou uma linha na metade e traçou quatro novas colunas na parte de baixo. Com letras grandes, escreveu nossos nomes no topo de cada linha.

Alexandra ganhou a primeira partida. Estávamos no meio da segunda quando vozes foram ouvidas vindas do pátio exterior. Todos que estavam na sala correram para a janela e viram o drama que ocorria três andares abaixo. Vimos um guarda vir correndo dos fundos. Da sinagoga vinham mulheres sem seus casacos e homens que seguravam seus quipás na cabeça com uma das mãos. Na frente da entrada do prédio da congregação, formaram um círculo no qual meu pai estava no meio, apertando o braço de minha mãe, enquanto alguém tentava convencê-lo a soltá-la.

Eu segurava uma das longas cortinas brancas e olhava para fora através de uma abertura.

Depois da comemoração do meu bar mitzvah, quando quase todos tinham ido embora, mamãe e papai foram para a pista de dança. Deslizavam bem juntos sob o lustre do salão de festas. Eu estava perto do aparelho de som e pensava que eles apenas estavam tensos por causa da festa, e por isso haviam brigado tanto ultimamente. Na manhã seguinte, eu estava sentado com as mãos sobre os ouvidos no chão do meu quarto. Quando finalmente abri a porta vi papéis de presente rasgados e amassados sobre o carpete do corredor. Encontrei um livro debaixo do sofá e uma câmera na porta do banheiro. O cálice tinha rolado escada abaixo.

Alguns dias depois um colega de papai ligou. Disse que ele estava com excesso de trabalho e que deveria passar o fim de semana em sua casa de campo. Quando voltou, na noite de domingo, o colega estava junto. Ele o segurou quando papai tropeçou na entrada da cozinha. Contou a papai que já tinham chegado em casa e sugeriu que dissesse alguma coisa para nós. Papai tremia como se tivesse febre.

No pátio, dois guardas ajudaram a dissipar a multidão. Algumas folhas de uma planta verde no peitoril da janela me cutucavam. Atrás de mim, ouvi Alexandra dizer que queria voltar a jogar.

A mão pequena e quente de Mirra veio e me agarrou. Enxuguei seu rosto e a enrolei na cortina, forte, de modo que ela parecia uma pequena boneca russa, e a desenrolei rapidamente. Ela começou a rir e queria que fizesse isso mais uma vez.

MEU AVÔ PARECIA um macaco. Sua cabeça estava prensada entre ombros altos e curvados e, quando coçava a orelha, usava o braço do lado oposto. Exatamente como um macaco. Quando ele se levantava da cadeira à noite, soava como um macaco. Grunhia enquanto ia ao banheiro e abria as torneiras da pia. Suas mãos não eram adequadas para as tarefas delicadas que são necessárias lá dentro. Segurava a escova de dentes como se fosse um bastão de esquiar e apertava o tubo de pasta com muita força. Quando terminava com os dentes, tinha que limpar um monte de pasta branca da pia com papel higiênico.

Vovô não ficou nem um pouco surpreso quando eu lhe disse que o associava mais com macacos do que com pessoas comuns. Reagiu como se eu estivesse no caminho certo. Possivelmente parecia um pouco impressionado em como eu, numa idade tão jovem, já percebia sua verdadeira natureza.

Ele e Mame tinham macacos por toda parte em seu apartamento. Havia um gorila de porcelana marrom-avermelhado numa janela, um livro com um chimpanzé na capa na estante e no dormitório havia um Rei Louie, um desenho que eu fiz.

O livro do chimpanzé era de uma coleção de 14 fitas de uma série de livros marrons que retratavam o mundo animal dividido por continentes. Quando chegávamos a seu apartamento, eu costumava pegar uma cadeira na cozinha, subir nela, pegar o *África 4* e entregá-lo ao vovô. Nas páginas centrais havia uma foto idêntica à que decorava a capa. O filhote foi pego de perfil, pendurado entre dois galhos, com a boca formando um assobio. Vovô virava rapidamente o interior e o exterior e me enganava dizendo que o macaco pulava de um lado para o outro. Como fizemos isso algumas vezes, ele passou a alternar entre frente e verso da capa, pois ambos tinham dois pequenos macacos brancos e pretos com os pelos colados à testa.

Vovô tinha um roupão marrom desgastado que chegava até o joelho. Quando Mirra e eu dormíamos lá, costumava acordar quando ouvia o pesado som de seu roupão entrando no banheiro.

Fazíamos o café da manhã juntos. Eu punha a mesa e vovô cortava as grossas fatias de pão. Sementes de papoula e migalhas na tábua de cortar. Queijo num copo de plástico. Eu comia sanduíches com meu avô e, depois, quando Mirra e Mame chegavam, comia cereais. Eles compravam cereais para nós e deixavam que comêssemos quanto açúcar quiséssemos. Depois eu me deitava no chão da cozinha com uma pilha de jornais velhos e lia sobre esportes e também as tirinhas. "Olhe", ouvia o vovô e Mame dizerem um ao outro, "exatamente como Josef quando era pequeno."

Vovô me chamou. Pôs-me em seu colo. Seu sorriso era largo, cheio de expectativa. Jacob, disse ele. Quem lidera o campeonato na... ele colocou um dedo no queixo... Holanda?

Fácil. Ajax.

Olhou para Mame. Eles riram. Como esse menino sabe das coisas. Fantástico.

Itália? Juventus.

Inglaterra? Liverpool.

Espanha? Real Madrid.

Polônia? Real de Varsóvia.

Eu podia dizer qualquer coisa. Eles não tinham a mínima ideia.

Vovô jogara handebol quando jovem. Ele tinha três irmãos mais novos. Poucos meses antes de as tropas de Hitler marcharem através da Polônia, vovô foi abordado por uma organização que, por uma pequena compensação financeira, ajudava judeus a irem para um kibutz na Palestina. Ele colocou de lado parte do salário que recebia como aprendiz de alfaiate e inscreveu a si e seus irmãos. Seus pais iriam logo depois, era o que tinha pensado.

Quando os irmãos, depois de vários dias de viagem de trem, foram orientados a sair, notaram que sua estação final não era Jerusalém, Haifa ou qualquer um dos outros lugares que vovô havia fantasiado durante a viagem, enquanto inclinava o rosto contra a janela.

Era chamado Silkeborg.

Numa pequena fazenda no interior dinamarquês, um grupo de judeus do leste iria praticar e se preparar para o trabalho duro que a construção de um Estado judeu exigiria. Quatro meses de treinamento era o necessário, prometeram os organizadores. Eles permaneceram lá por três anos.

Quando os alemães invadiram a Dinamarca, a cabana onde moravam se transformou num esconderijo onde papai e seus irmãos sobreviviam das doações de um fazendeiro da região. Uma manhã, quando o agricultor passou para deixar a comida, pediu que vovô o acompanhasse. Tarde, naquela noite, vovô voltou com um bilhete no qual alguém havia escrito uma data e uma hora. Por dois dias tiveram que esperar num barco de pesca no porto. Os cinco irmãos estavam juntos prensados sob a lona. Ouviam vozes alemãs conversando no cais.

Nevava em Gotemburgo quando chegaram. Na congregação, apresentaram vovô a um homem que o examinou e disse que havia espaço para todos os irmãos em seu apartamento. O homem morava num apartamento de dois quartos em Gotemburgo com as três filhas, das quais uma tinha 26 anos e ainda era solteira. O casamento entre vovô e Mame foi realizado três semanas depois que se viram pela primeira vez.

Os irmãos de vovô se mudaram para Israel depois da guerra. A cada dois anos, Mame e vovô iam para lá visitá-los. Mame gostaria de ir a outro lugar. Havia feito uma série de pinturas com Paris como motivo, embora nunca tivesse estado lá. Elas ficavam enroladas com elásticos bem no alto do armário da entrada. Mame precisava de um banquinho para alcançá-las. Ela colocava cinzeiros e copos nos cantos para manter as pinturas retas. Mulheres com saias curtas. Mulheres com chapéus colocados com displicência. Mulheres vestidas com roupas de primavera indo em diferentes direções. Os contornos da Torre Eiffel às suas costas.

Mas não precisava ser Paris. Qualquer lugar no sul da Europa seria bom. Iugoslávia, Itália, Portugal ou Espanha. Na Espanha havia algo chamado *gazpacho*. Uma sopa vermelha gelada que havia experimentado uma vez. E muitos judeus estiveram lá no passado. Ainda se podia sentir. Quando Mame ouvia canções espanholas no rádio, reconhecia os ritmos e as melodias judaicas.

— Com o sangue *kindlach* correndo em minhas veias, durante toda a minha vida sonhei com a Espanha — dizia ela. Mas de qualquer maneira acabavam indo para Israel.

Mirra e eu costumávamos ir com meu pai e deixá-los no aeroporto de Gotemburgo. Mame sentava-se entre nós no banco de trás. Vovô se sentava no banco da frente com o passaporte na mão. Depois de fazerem o check-in, nos davam seus casacos e subiam a escada rolante. Papai comprava três sorvetes na cafeteria sob o grande globo.

Quatro semanas depois, voltaram cada um com uma camiseta para mim e Mirra, um grande saco de biscoitos israelenses e uma garrafa de aguardente que vovô colocou na prateleira acima da escrivaninha e nunca abriu.

Ele não evitava o álcool de maneira ativa, apenas não era algo que lhe interessava. Não precisava dizer isso para mim, era fácil perceber pela maneira como apenas molhava a boca com o vinho do *kiddusch* à noite, mas me contou mesmo assim. Na sua sacada, da única vez em que nos sentamos lá. Estava falando sério e focado, falava mais pausado e claramente do que o normal, mas sem que sua capacidade de gerir um provérbio sueco tivesse melhorado.

— Nunca cuspi no copo, você entende? — disse ele, e olhou longamente para mim. — Os suecos gostam de cuspir no copo. Muitos de meus concorrentes desapareceram por cuspirem demais no copo. Eu realmente espero que você nunca cuspa no copo, Jacob. Você pode me prometer isso?

Durante os 40 minutos que passamos na varanda, Mame não saiu uma única vez. Isso foi alguns anos depois de tudo que aconteceu, e é possível que tivessem combinado que o vovô deveria falar comigo sobre as coisas difíceis, mas depois a coragem o traiu e o assunto saiu como um alerta sobre o álcool. A maior parte do que ele disse foi mais um monólogo interno, no qual ele tentava concordar consigo mesmo sobre como eram as leis do comércio sueco na década de 1960. Fiquei olhando para a rua e tentava imaginar como seria me inclinar sobre o parapeito da varanda e conversar com alguns amigos que passavam por ali sobre o disco inédito dos Beatles. Na verdade, só prestei atenção quando o vovô contou que uma vez pegou meu pai no ato, em frente à prateleira de bebidas. Papai devia ter 14 ou 15 anos. Ele estava de pé sobre a escrivaninha com duas garrafas em miniatura entre os pés e a mão direita pronta para pegar uma garrafa de licor quando vovô entrou na sala. Ele gritou tão alto que meu pai quase caiu. Depois papai começou a chorar, disse vovô cruzando os braços.

Assim, essa janela foi fechada. Fiz algumas perguntas cautelosas, algumas insinuações sutis, mas tudo era como sempre foi. Nada que eu fizesse poderia abri-la novamente.

TIROS NO CAMPO de refugiados e quatro moradores que dispararam sobre a multidão. Uma garota de 17 anos morta, e dois adolescentes de 14 anos feridos. Uma bomba numa lata de lixo e um guerrilheiro num paraquedas. Seis mortos. Sete feridos. Ações provocadoras tomadas por Shamir, ameaçadoras declarações de Arafat e uma fria e chuvosa tarde de sexta-feira em que meu pai veio para casa para ficar conosco no fim de semana.

Não ouvi a porta da frente se abrir. Estava sozinho em casa, o som no volume alto e eu havia passado a última meia hora com a parte superior do corpo enfiada no armário de bebidas de Ingemar. O resultado de meus esforços foi uma garrafa de Coca-Cola cheia de uma mistura alcoólica com cor de urina. Tinha acabado de pegar a garrafa de tampa de plástico verde quando papai entrou no hall.

Eu a escondi atrás de uma almofada do sofá e fui abraçá-lo. A fragrância do perfume em seu pescoço estava misturada com gasolina e o cheiro do frio lá de fora. Ele notou que eu tinha cortado o cabelo e disse que estava bonito. Trouxe um saco plástico com todos os produtos que eu e Mirra tínhamos pedido para ele comprar. Batatas, bifes, tomate, pão num saco de papel pardo, uma barra de chocolate grande e um saco de fios de alcaçuz salgado.

Colocamos as compras na geladeira e papai contou sobre o apartamento que tinha arranjado. Ficava em Masthugget, perto da praça. Dava para ver o mar da varanda. Disse que ia comprar um beliche para o quarto onde eu e Mirra ficaríamos. Suas roupas estavam numa sacola esportiva vermelha e branca, e ele a colocou no sofá-cama do escritório. Perguntei se tinha trazido a camisa listrada azul e branca e, nesse caso, se eu poderia pegá-la emprestada. Ele me perguntou o que eu ia fazer, respondi que iria com algumas meninas da oitava série a uma discoteca, o que era verdade, e que Jonathan também iria junto, o que era mentira.

Ele abriu o zíper e colocou suas roupas no sofá. A bolsa murchou quando foi esvaziada e o símbolo redondo ao lado ficou achatado como um skate.

Papai parecia um pouco preocupado por eu não estar em casa durante a noite. Mas ele também estava curioso e queria saber mais sobre essas meninas da oitava série. Enquanto tirava a camisa, perguntou-me quem eram elas, se eu achava alguma delas bonita, e se alguma parecia apaixonada por mim.

Fui para o andar de cima e tomei um banho. A porta estava aberta e quando me enxuguei vi que meu pai tinha pegado as roupas que eu largara no chão e as colocado no sofá. Ele caminhou lentamente pelo corredor do lado de fora, olhando à volta. Não disse nada sobre a parte brilhante do papel de parede onde os quadros ovais com fotos de casamento estavam pendurados, ou sobre o roupão vinho pendurado ao lado do de mamãe na porta do banheiro.

Quando nos encontrávamos, ele gostava de ouvir sobre tudo que acontecia em casa. Antes de nos levar de volta, muitas vezes dava uma volta extra com o carro e perguntava sobre como era o dia a dia com Ingemar, se ele nos dava boa-noite em nossos quartos, se consolava Mirra quando ela estava triste. Entre as perguntas, ele ficava em silêncio por longos períodos e acariciava o bigode com o dedo indicador e o médio da mão esquerda. Eu tentava suavizar a realidade, mas era fácil ver através de mim e depois de um tempo ele começava a xingar e a gritar. Então eu dizia que se fosse para ficar daquele jeito, que não perguntasse nada. Aí ele respondia: "Eu sei, eu sei."

Às vezes, quando estávamos irritados um com o outro, eu dizia coisas das quais me arrependia depois, como que era melhor que estivessem separados do que estarem sempre brigando, e que mamãe parecia estar muito melhor agora. Ele costumava acenar num primeiro momento, dizendo "isso é o que ela diz, eu posso sentir", mas depois, quando eu insistia, ele ficava com raiva e levantava a voz. Depois disso, ele costumava apertar os lábios e uma vez derrapou com o carro e parou no acostamento. Ficou sentado inclinado para a frente, apertando o volante com força. Seu torso oscilava e eu lhe dei um tapinha nas costas e pedi desculpas, mas ele balançou a cabeça e disse que era ele quem deveria se desculpar.

Fechei a camisa na frente do espelho. Abaixei o volume do toca-fitas fora do banheiro para ouvir os passos de meu pai no andar de baixo. Quando desci, ele estava na frente de um quadro na sala de estar. Era uma pintura vermelho-escura de duas figuras com rostos pálidos que pairavam sobre uma cidade. Sempre achei que era bonita. Eu sabia que o motivo era judeu, mas não o entendia. Não continha símbolos conhecidos, nem caracteres hebraicos ou qualquer dos sinais habituais. O olhar de meu pai estava dirigido à barra branca na parte inferior do quadro, onde algumas datas estavam expostas, e o nome do artista estava escrito com letras cursivas elaboradas que eu nunca tinha conseguido decifrar.

Sentei-me no sofá e deslizei a mão suavemente pelas costas para empurrar a garrafa para baixo. Papai perguntou se havia alguma coisa especial que eu queria fazer no fim de semana. Ele tinha prometido a Mirra que iríamos à cidade algum dia, para andar pelas lojas. Na noite de sábado iríamos jantar com Bernie e Teresza. Quando viu a nova mesa de centro de vidro, levantou as sobrancelhas impressionado e sentiu a superfície fina com o polegar e o indicador. A antiga mesa de madeira que ficava lá antes tinha sido levada por ele quando se mudou para o apartamento. Ingemar e eu a havíamos carregado até o estacionamento com algumas sacolas com livros, quatro cadeiras de jantar e duas caixas de pratos e copos, identificadas com papéis amarelos. Ingemar ajudou papai a carregar as coisas quando ele e Bernie vieram com a caminhonete de mudança. Conversaram durante um tempo e parecia que estavam muito bem, considerando que ambos realmente tiveram o cuidado de não causar qualquer desconforto aos outros.

— Papai, isto é para você. — Mirra entrou na sala vestindo seus sapatos e sua jaqueta. A mochila estava pendurada no braço esquerdo. Ela tentava tirar a mochila e abri-la com o mesmo movimento. Papai a ajudou a pegar uma colagem de recortes de revistas que tinha feito na escola. Quando Mirra tirou os casacos, quis que papai a acompanhasse até seu quarto. Aproveitei a oportunidade para pegar a garrafa no sofá e sair para colocá-la na caixa do correio.

Depois de um tempo, meu pai entrou na cozinha com um desenho e um pegador de panela que colocou ao lado do rádio. Mirra abriu a geladeira. Esvaziou o saco de batatas na pia, pegou duas facas afiadas e a tábua de carne da gaveta e colocou tudo sobre a mesa da cozinha. Ela e papai cortaram as batatas em formato de pequenos barcos que colocaram numa travessa e temperaram com páprica em pó. Mirra experimentou os pedaços de batata crua e imitou sua professora de dança mal-humorada. Quando me ajudou a arrumar a mesa, imitou a maneira da professora andar, com o bumbum empinado e o rosto enrugado. Papai e eu rimos dela e então ela riu mais ainda. Ela quis ficar perto e ver como o pai fritava a carne, e não se sentiu incomodada nem mesmo quando um pouco de azeite quente pulou da panela e a queimou.

Busquei as quipás e o *sidur*. Mirra e eu lemos juntos a bênção sobre as velas, papai leu sobre o vinho e o pão, pegou pequenos pedaços, pressionou sobre os pequenos buracos do saleiro e passou adiante. Ele leu também as bênçãos especiais sobre mim e Mirra, como sempre fazia quando éramos menores. Colocou-se entre nós e leu primeiro com a mão na cabeça dela e depois na minha.

Comemos até não sobrar nada, nem batatas, nem carne ou salada com tomate e cebola roxa. Rapidamente esfreguei o pão no molho remanescente e disse que tinha que me apressar. Mirra não sabia que eu ia sair e olhou confusa, primeiro para mim e depois para papai. Eu corri para o banheiro, escovei os dentes e coloquei um pouco de perfume. Quando desci novamente, Mirra perguntou como faríamos com as balas. Ela ficou com pena de mim, que não iria receber nada, e falou que poderíamos comer tudo de uma vez antes de eu sair. Respondi que não era necessário, mas ela insistiu e eu disse que não me importava com doces. Ela ficou com raiva, gritou que eu não poderia sempre decidir tudo. Só quando papai sugeriu que poderiam guardar um pouco para mim foi que ela se acalmou, mas quando fechei a porta ela ainda tinha aquela expressão tensa nos olhos e nariz que sempre exibia quando algo a incomodava.

A chuva batucava na caixa do correio. Quase toda a garrafa coube no bolso interno do casaco e fechei o zíper até o pescoço. Pela janela vi as luzes de *Shabbes* piscando na mesa da cozinha. A porta da lava-louça estava aberta e a prateleira superior tinha sido puxada para fora. Papai tinha colocado Mirra sobre o balcão e disse algo que a fez começar a rir novamente.

Eu estava de volta antes que o relógio desse onze horas. O suéter de papai tinha caído de uma cadeira no corredor. As luzes, tanto da cozinha como da sala, estavam acesas. Havia música no aparelho de som e a televisão estava ligada, mas ninguém sentado na frente dela. De manhã, Mirra me acordou e me puxou para as escadas. Pressionamos nossos rostos contra as ripas de madeira e olhamos para a cozinha, onde papai estava sentado trêmulo, segurando o telefone. Meia hora depois, vovô veio buscá-lo. Quando eles foram embora disquei o número no papel que mamãe havia fixado na geladeira.

QUANDO FALTAVAM VINTE minutos para terminar a aula, a Srta. Judith disse que era a minha vez de apresentar. Ela alegou que eu deveria ter preparado um texto sobre a Guerra do Líbano de 1982. Havia algo de familiar naquela informação e isso tornou qualquer protesto mais difícil.

Fui até o quadro-negro. A sala ficou completamente em silêncio enquanto eu mexia nos meus papéis. Líbano, 1982. Não acontecera nenhuma guerra muito significativa, disso eu sabia. O resto era um completo vazio. A informação existia, em algum lugar, no fundo da minha cabeça, mas outras imagens estavam no caminho. Israel invadiu o Líbano no verão de 1982, mas por que e o que aconteceu depois? Tínhamos ao menos vencido? Não fazia a menor ideia.

A única coisa que via à minha frente era um rádio que tinha sido trazido da cozinha e estava pendurado do lado de fora da janela da casa de campo de Moysowich. A antena tinha sido puxada totalmente para fora e os pais estavam mexendo no botão, tentando sintonizar algo. Móvel cor-de-rosa na varanda. Uma tábua solta com a qual deveríamos ser cautelosos. Um magnífico bolo de chocolate húngaro sobre uma mesa bamba na sombra.

De hora em hora o aparelho era ligado e comentários de preocupação eram trocados na varanda. Sanna Grien vestiu Mirra com roupas velhas que encontrou num baú. Jonathan estava vestindo uma camisa de futebol da Argentina. Zelda ainda era um filhote, Rafael e eu demos a ela o resto de nosso bolo. Ela vomitou no canteiro depois.

Um longo gramado se estendia por baixo da varanda. Duas árvores formavam um gol natural numa extremidade e na outra alguém tinha martelado duas tábuas.

Para chegar à praia, tínhamos que caminhar por uns 10 minutos através de uma floresta. Papai construiu um castelo de areia para mim. Eu tinha levado um carro vermelho comigo e ele fez uma rua ao redor do castelo, depois continuou e fez toda uma comunidade de edifícios, pontes, torres e estradas. Não quis dirigir o carro por ali, em vez disso me arrastei lentamente ao redor da cidade e imaginava as pequenas figuras que viviam lá. Antes mesmo que tivesse tempo de dar uma volta inteira, Mirra correu direto por cima de tudo. Ela gargalhou alto e eu a persegui até a água para me vingar. Papai chegou primeiro, agarrou-nos, jogou-nos para o alto e nos pegou um pouco antes de atingirmos a água.

Mamãe veio correndo até nós com as mãos no ar. Na verdade, ela não gostava de nadar. Normalmente mergulhava as mãos algumas vezes e jogava um pouco de água nos ombros, mas desta vez mergulhou e nadou com sons prazerosos, depois de se acostumar com a temperatura. Quando saímos do mar, a praia estava vazia e o sol quase se pondo.

Olhei para cima e vi meus colegas, onze pares de pupilas cintilantes viradas em minha direção. Andei na direção da porta, tão perto que esbarrei no trinco, virei ao passar pelo banco do lado da saída e voltei para o meu lugar.

O RABINO ESTAVA sentado de lado para a escrivaninha, de costas para a parede e com o fone casualmente pressionado contra a orelha esquerda. Parecia prestar mais atenção no emaranhado do fio entre o aparelho e o telefone do que na conversa. Sem interromper o que estava fazendo com o fio, resmungou alguns comentários ao fone.

— Isso é impossível — disse ele. — *Never. Not in a million years.*

Eu estava agradecido pelo telefonema ter nos interrompido. Apesar de estar me acostumando com a situação, não gostava dela. Até mesmo nas tardes de quinta-feira, quando a sede da congregação ficava praticamente deserta, eu era parado para um papinho a caminho do terceiro andar.

Às vezes eram velhos amigos de meus pais que queriam falar comigo. Às vezes eram as pessoas que tinha visto na sinagoga por vários anos, mas com quem nunca havia trocado uma palavra. Primeiro perguntavam sobre alguma coisa normal, como a escola ou as aulas sobre Israel, e depois passavam para o assunto que realmente interessava. O novo marido de minha mãe, a situação de meu pai.

Eu via cada encontro como um teste. Minha estratégia para lidar com eles era nunca olhar para o chão, nunca deixar a voz oscilar, nunca deixar que meus olhos brilhassem. Comportar-se assim era reconhecer a derrota. Em vez disso, ouvia atentamente enquanto falavam, dando a impressão de que estava de fato ouvindo o que diziam, e depois fazia algum gesto desconcertante. Um sorriso largo, por exemplo. Isso os deixava confusos e antes que tivessem tempo de recuperar a compostura, costumava dizer que precisava correr para a sala de aula. Funcionava sempre. Depois de alguns passos, costumava me virar. Eles sempre estavam lá, no mesmo lugar onde os deixei, e quando os via ali, sem saberem que estavam sendo observados, sentia como se tivesse vencido.

O rabino era diferente. Ele era mais persistente que os outros e seu escritório apertado não deixava espaço para desviar os olhos nem por um segundo. Se o telefone não tivesse tocado, não sei dizer qual de nós teria desistido primeiro.

— *I'm sure* de que você tem algumas preocupações — disse o rabino e eu fiz uma longa pausa, como se realmente precisasse procurar no arquivo do cérebro antes de responder. Não tinha dito nada sobre a única questão que realmente importava. Se todas as reações eram compreensíveis, perguntava-me por que no meu caso isso não valia? Se podíamos sentir e achar qualquer coisa, então por que será que era tão perigoso não pensar ou sentir algo em especial?

A janela estava alguns centímetros aberta. O rabino se levantou e começou a andar para a frente e para trás perto de sua cadeira. O fio do telefone ficou preso na borda da mesa e o rabino puxou o fone com força. A lâmpada ao lado da mesa começou a balançar. O telefone balançou sobre a mesa e virou uma xícara de plástico marrom cheia de café.

— *Fucking* inferno — chiou enquanto o café se espalhava sobre a mesa, pelas pilhas de papel ao lado da máquina de escrever, sobre os livros abertos e os blocos de notas que estavam ao lado deles.

Continuou xingando enquanto apertava o telefone entre o ombro e a orelha e tirava os papéis da área atingida. Ao mesmo tempo fazia um grande esforço para convencer a pessoa do outro lado, de que não era a ela que seus xingamentos e suas maldições eram dirigidos.

— Foi o café, derramei café em todo o meu escritório — explicou, enquanto secava a mesa com uma camiseta suja que encontrou na estante.

Colocou os papéis manchados de café um ao lado do outro sobre o peitoril da janela. Quando não havia mais espaço ali, eu o ajudei a colocar o restante nas partes secas do chão.

— Eu não sei — disse o rabino ao telefone enquanto tentava pegar o copo plástico vazio. — Café instantâneo — disse ele. — Da máquina.

Então continuou:

— Preto.

E depois:

— Dois, três. Nunca *more than four*.

Uma longa explicação vinha do outro lado e o rabino gritou que tinha tomado café preto durante vinte anos sem ter quaisquer problemas com seu estômago e, em seguida, disse alguma coisa em hebraico e bateu o telefone.

— **MAS EM TODO CASO** você vem no sábado — disse o vovô quando liguei para contar que minha avó materna tinha morrido.

Não esperava que dissesse outra coisa. Por outro lado, ele não poderia ter esperado uma resposta diferente do que eu suspirar e dizer "talvez, vamos ver", mas fingiu ficar surpreso, como se fosse a primeira vez que tivéssemos tido essa conversa.

— Vamos ver? Agora espero que você esteja brincando comigo, Jacob. Vamos ver?

Não tentei sequer me defender. Como poderia explicar a ele por que não queria ir à sinagoga sem ter que passar pelos temas proibidos?

Sua voz estava cheia de raiva reprimida. Eu realmente quis dizer o que disse, não tinha descartado ir como fizera tantas vezes antes, mas não foi o suficiente para o vovô. "Talvez" era ruim o suficiente, e uma vez que começasse a beber da fonte do desapontamento, não pararia jamais.

— Você bem que poderia pelo menos visitar a Mame — sugeriu com um tom tão rancoroso que fui obrigado a fechar a boca para que ele não ouvisse como suspirei de novo.

Mantive-me longe do telefone até que reuni coragem suficiente para o golpe seguinte:

— Sim, talvez, vou ver se...

O resto da conversa consistiu apenas em frases curtas. Eu queria desligar para poder bater a cabeça contra a parede. Ele queria desligar para que pudesse ligar para Irene e trocar indignações... nem mesmo quando sua própria avó materna... e quem lerá sobre mim no dia em que... ele vai se arrepender, acredite em mim, vai se arrepender pelo resto de sua vida.

INDEPENDENTEMENTE DO TAMANHO do pedaço de bolo que vovô pegava, parecia sempre estar no limite do que caberia em sua boca. Quando mastigava, suas bochechas ficavam redondas e seus lábios formavam um círculo vermelho e azul, que rodava de forma volumosa sob seu nariz.

Era difícil para ele falar nessas circunstâncias. Além disso, suas palavras rivalizavam com qualquer som involuntário que produzia enquanto comia. Havia sons de prazer batendo em todos os lados de seu corpo, todos os órgãos queriam expressar seu apreço por aquilo que ele consumia.

Às vezes, à mesa da cozinha, quando eu estava sentado ao lado de meu avô e com Mame à minha frente, era como estar numa oficina de som experimental. Grunhidos do vovô, Mame fazendo diferentes barulhos ao tomar a sopa, tudo temperado com flechas envenenadas de iídiche voando sobre a mesa a cada instante. Ourmpf, ourmpf... slafs, slafs... *mishiggine...* ourmpf, ourmpf... slafs, slafs... *mishiggine.*

Mame sempre pareceu mais velha do que era. Tanto física como mentalmente, doenças reais e imaginárias a atingiam mais do que a qualquer dos meus outros avós. Às vezes ligava para papai tarde da noite, tossindo ao telefone e dizendo que ele deveria ir correndo, porque estava quase no fim, sentia a morte se aproximando e beliscando seus calcanhares, poderia alcançar os dedos de sua mãe se esticasse os braços de tão perto que estava do outro lado. Apesar dos exageros óbvios, foi discretamente aceito o prognóstico de que ela seria a primeira dos quatro a partir. Mas, como se Deus tivesse cometido um erro, ela ainda estava por aqui, sentada no segundo andar de um quarto de um lar judaico para idosos, olhando pela janela, com o lábio inferior proe minente e a mão sobre a cômoda. Ela tinha sobrevivido à minha avó materna e certamente estava determinada a vencer os outros dois também.

A primeira vez que notei sua confusão crescente foi numa tarde uma semana antes das férias de Natal, no nono ano. Eu e Mirra fomos para lá de ônibus e nos sentamos um ao lado do outro à mesa da cozinha enquanto Mame mexia com as panelas. Ela nos dizia que cada um ganharia uma surpresa assim que o vovô chegasse em casa quando, de repente, no meio de uma frase, virou-se para nós com os olhos introspectivos e murmurou uma longa frase ininteligível. Ficou assim por um ou dois minutos e, quando voltou a si, era como se tivesse esquecido tudo que tinha acontecido nas últimas horas.

— Mas olha só, crianças queridas, vocês vieram?

Ela não queria se mudar para a casa de repouso. Logo depois dessa tarde ela parou de falar sobre a vovó, o vovô e a mamãe quando me chamava para enxugar a louça. Em vez disso, ela sussurrava sobre seu marido e tia Irene. Você tem que me ajudar, ela disse. Eles querem se livrar de mim. Você precisa ouvir o que andam tramando. Disse para ela que eles não estavam mentindo, que até eu e Mirra testemunhamos os seus ataques e parecia que ela entendia, colocava a mão no queixo, balançando a cabeça e concordando, mas poucos minutos depois esquecia tudo e voltava a falar sobre as teorias de conspiração.

Depois vovô nos levava para casa, parava o carro a dois quarteirões de distância, esfregava a palma da mão com força contra o rosto e dizia que tudo daria certo com Mame, e que ela acabaria concordando em se mudar.

NA ÚLTIMA VEZ em que estive na casa de repouso, consegui ir até o quarto de Mame e voltar sem encontrar ninguém do passado. Fingi estar mexendo no celular, olhando para baixo, passei pela entrada, pelo pequeno estacionamento, desci ladeira abaixo em direção à cidade e achei que o perigo havia passado quando olhei para cima e dei de cara com Bernie Friedkin me olhando pelo para-brisa de uma Mercedes SL 500 preta.

O carro passou por mim alguns metros antes de parar e a porta se abrir. Bernie saiu e a primeira coisa que me surpreendeu foi o quanto ele parecia um endinheirado. Estava com um casaco bege-escuro que ia até um pouco abaixo dos joelhos, mechas grisalhas no cabelo, e com um gesto ofereceu que eu entrasse no carro.

Um pouco mais tarde Bernie me passou um copo de cerveja escura e disse que era da mesma marca que ele e Jonathan costumavam beber. Jonathan morava em Nova York e toda vez que Bernie estava com ele bebiam cerveja escura num bar onde eram fregueses frequentes perto de uma praça blá-blá-blá. Fiz "ahã", tentando parecer que sabia do que ele estava falando.

Ele tinha muito a dizer sobre Nova York e Jonathan. Por mim tudo bem, assim poderia ficar sentado, olhando para as pessoas correndo pela chuva, fazendo compras de

Natal e me divertindo imitando a arrogância de Bernie dentro da minha cabeça. Quando ele foi ao banheiro, aproveitei a oportunidade para investigar os bolsos de seu casaco, pendurado em sua cadeira. Além das chaves e de uma agenda, que eu infelizmente não tive tempo de vasculhar, encontrei uma quipá vermelho-escura. Dentro estava escrito:

> Susanna e Joram
> 16 de agosto
> Palace Hotel
> Jerusalém

O texto me deixou irritado e, a princípio, não entendi o porquê. Acontecia de eu ter informações de velhos amigos de uma forma indireta — quem tinha ficado noivo, se tinha se formado —, mas isso não costumava me incomodar. Eles tinham a vida deles e eu a minha. Estava convencido de que não iria aguentar 10 segundos em qualquer uma de suas festas, então realmente não me incomodava tanto.

Não era ciúme. Era algo mais provocante e irritante relacionado ao casamento de Sanna Grien.

Quando terminamos nossos drinques, Bernie pagou a conta, eu agradeci e disse que não precisava de carona. Ele mandou um abraço para Mirra e Rafael e novamente comentou sobre quanto tempo ficamos sem nos encontrar e, pela forma que nos despedimos, tudo indicava que levaria o mesmo tempo até a próxima vez. Ele foi em direção ao carro, e eu no sentido oposto, passando pelas vitrines, os trilhos do bonde, pelo largo Brunnsparken a caminho da Drottningtorget, e percebi que o que via ao meu redor não era mais a mesma cidade de antes. Não havia sinagoga alguma à beira do canal, com cúpulas verdes. Estava num lugar diferente agora, um local de que só tinha ouvido falar, e do qual acreditava que nunca poderia fazer parte.

INGEMAR COMPRARA seu iogurte favorito. A embalagem era branca com um desenho azul-claro no centro. Ele mostrou para mim e Mirra como deveria ser servido, numa tarde de sábado, quando mamãe não estava em casa. O iogurte era aguado e escorria quando colocado no prato. Tínhamos que mexer com uma colher por um tempo antes de comer.

— Devagar, com cuidado — disse Ingemar quando viu que Mirra mexia muito forte. Ele segurou o pulso dela e o mexeu com movimentos giratórios e uniformes sobre o prato.

A textura era pegajosa. O sabor era amargo, parecia que milhares de minúsculos fogos de artifício explodiam na língua. Ingemar disse que deveríamos colocar muita geleia e, quando terminamos de comer, eu e Mirra pedimos mais uma porção.

À noite, sonhei que meu pai veio em minha direção por uma trilha da floresta. Primeiro ele sorriu, depois, quando chegou mais perto, a boca ficou estreita e ele pronunciou o meu nome com a voz tensa.

— Foi você, Jacob. Foi você quem enfiou a faca

Sentei-me na cama. A água escorria pelos canos na parede e tive que tampar minha boca para não gritar. Não consegui voltar a dormir, abri a porta lentamente e fui até a cozinha em silêncio. O fundo do pote ao lado do rádio estava coberto por moedas de 1 e 5 coroas. Eu poderia pegar um ônibus noturno. Surpreendê-lo. Poderia dormir no sofá. De manhã me daria 100 coroas para comprar o café da manhã. Vejam, diria a caixa quando me visse sozinho com o carrinho de compras, tão jovem, mas maduro o suficiente para administrar uma casa. Depois do café da manhã, cada um pegaria sua xícara de café e nos sentaríamos à mesa. Obrigado, Jacob, diria ele. Era do que eu precisava. Agora tudo vai mudar. Prometo a você.

Peguei quatro moedas de 5 coroas. Não fez diferença alguma na tigela. Peguei mais duas. Ouvi barulho na escada. A voz de Ingemar no andar de cima, enrouquecida, mas alerta, por causa do horário:

— Tem alguém aí?

Passos pesados descendo as escadas. Fiquei atrás da porta da cozinha, perto do canto. Pés compridos atravessaram o chão marrom da cozinha. "Tem alguém aí? Jacob?" Transpondo o batente, na direção da máquina de lavar roupa, segurou o trinco da porta da rua.

Prendi a respiração enquanto os passos calmamente voltaram em direção à cozinha. A luz acima do fogão se acendeu. A tira de borracha da porta da geladeira fez barulho quando foi separada da borda de plástico interna. Ele pegou algo do armário e colocou leite num copo. As torradas faziam barulho entre suas mandíbulas. O relógio batia tranquilamente na parede.

Ele encheu o copo de novo. Quando limpou as migalhas da pia, colocou o copo na máquina de lavar louça e subiu. Contei trezentos tique-taques. Só depois disso fui para a minha cama.

DEPOIS DA SEGUNDA conquista de um torneio, Amos Mansdorf avançou, no fim de novembro, para o 18° lugar no ranking de tênis da ATP. Foi o posto mais alto de todos os tempos para Israel, duas posições acima da então melhor contribuição do país ao tênis mundial, Shlomo Glickstein.

A vantagem de atletas israelenses era que sempre podíamos ter a certeza de que eram judeus. Com atletas de todas as outras nacionalidades haveria sempre uma dúvida. Os nomes podiam parecer judaicos, mas não eram. A aparência podia enganar. Tudo era uma sopa de incerteza. Em seus momentos de dúvida, meu pai não se pronunciava se não tivesse cem por cento de certeza, nem mesmo sobre a filiação religiosa do americano Aaron Krickstein, especialista no jogo de fundo de quadra.

A notícia de Mansdorf foi um dos poucos pontos positivos vindos de Israel naquelas semanas. O clima tenso daquele outono chegou ao seu ponto máximo quando, numa tarde de dezembro, um motorista de caminhão israelense perdeu o controle do veículo e colidiu com um caminhão cheio de trabalhadores palestinos. Quatro deles morreram e isso aqueceu o boato de que o acidente não fora um acidente, o que desencadeou uma revolta no campo de Jabaliya, que naquela noite se espalhou rapidamente por toda Gaza e Cisjordânia. Nos dias que se seguiram, as telas de TV de todo o mundo mostravam crianças de 9 anos atirando pedras contra um dos exércitos mais bem-armados do mundo. Imagens tremidas mostravam três soldados que agrediam um rebelde.

Em Gotemburgo a temperatura caiu. A água do canal congelou e do lado de fora das janelas da sinagoga caía a primeira neve do inverno. Chegou o Chanuca e chamaram um pessoal de segurança extra para vigiar a sede da congregação. Na primeira noite de festa, mais de uma centena de membros se reuniu em torno do rabino para vê-lo subir numa escada, colocar fogo numa tocha e acender a primeira vela da grande chanukiá de madeira montada no pátio.

Na manhã seguinte, o rabino bateu na porta do escritório de Zaddinsky. Sentou-se na poltrona, apoiou os cotovelos nas coxas e explicou que tinha recebido uma oferta de trabalho em sua terra natal, e que estava pensando em aceitá-la.

GANHEI UMA JAQUETA de couro castanho-claro de mamãe e de Ingemar de presente de Chanuca. Tinha uns pedaços de tecido costurados nos braços e passei a maior parte dos primeiros dias das férias de Natal com ela na frente do espelho do banheiro.

Uma tarde eu e papai fomos ao cinema e assistimos a um filme com Mel Brooks. Papai tinha voltado a trabalhar de novo, alguns dias por semana para começar. Depois do filme, quando estávamos sentados no restaurante em frente ao cinema, ele disse que estava pensando em viajar com alguns amigos do trabalho para esquiar na Noruega. Eu disse que era uma ótima ideia.

Ele me levou para casa e buzinou para mim quando partiu. Depois do jantar, coloquei minha jaqueta e disse que iria sair e encontrar com um amigo. Estava frio, mas não ventava; caminhei lentamente, com as mãos nos bolsos da jaqueta. Passei pelo campo de futebol, pelas caixas de areia e rampas de trenó. Na placa do estacionamento havia alguns avisos sobre botas infantis perdidas e um que informava sobre uma festa de bairro, realizada em outubro. Apenas uma das lâmpadas do parque estava funcionando e eu apertei o passo pelas áreas mais escuras. Duas meninas estavam sentadas cada uma em seu balanço no parquinho, do lado de fora do jardim de infância. Uma tinha um pequeno isqueiro cor-de-rosa, que ela acendia o tempo todo com o polegar. Ela quis experimentar minha jaqueta e eu tive que usar a dela, uma grande e vermelha, acolchoada, com forro felpudo no capuz.

Caso contrário, ficava mais no meu quarto desenhando no meu bloco. Às vezes Mirra vinha com o jornal e mostrava os vários programas de televisão que queria que assistíssemos. Um dia pedi que ela me ajudasse a mover minha cama de um lado para o outro. Empurramos a escrivaninha sob o teto inclinado e forramos a parede sob a janela com páginas que cortamos das revistas em quadrinhos.

A sala estava cheia de caixas de chocolate que Ingemar ganhou no Natal de várias empresas e agências governamentais. As maiores ele colocou na mesa de jantar e, no mesmo instante em que uma esvaziava, outra surgia em seu lugar. Na véspera de Natal, mamãe cozinhou um peru que serviu com repolho roxo, couve-de-bruxelas e geleia em copos pequenos. Vovó disse que nunca tinha provado nada tão bom em toda a sua vida. Mirra perguntou a Ingemar se ele estava chateado de não poder comer sua comida habitual de Natal, mas ele garantiu que não.

No Natal, sua filha veio nos visitar com o namorado. Pouco antes de eles chegarem, mamãe e Ingemar discordaram sobre alguma coisa na cozinha e as mãos dele ainda estavam trêmulas quando serviu vinho durante o jantar.

Quando fui dormir naquela noite, achei que minha garganta ardia e doía ao engolir. De manhã, os sintomas evoluíram para uma tosse chata e rouca. Falei com papai pelo telefone e ele me pediu que tossisse no bocal e, em seguida, soletrou o nome de um medicamento para mamãe comprar.

Ele iria para a Noruega na tarde seguinte e me disse que Bernie tinha arrumado um agasalho novo para ele. Esquis e botas ele alugaria lá. Iriam em um grupo de cinco pessoas, compartilhariam dois quartos num apart-hotel um pouco afastado das pistas. Ficariam fora por três dias. Ele disse também que queria me encontrar assim que voltasse.

No entanto ele não disse que, algumas horas depois de desligar o telefone, iria comprar o jantar no restaurante chinês do outro lado da rua, juntar as caixas meio cheias num saco plástico branco e, quando tivesse terminado de comer, daria um nó apertado nas alças e colocaria o saco do lado de fora da porta. Nem disse que algumas horas mais tarde, pegaria um envelope com folhas A4 de uma pasta da estante e colocaria na mesa da cozinha, e que se sentaria e pegaria um copo de água para tomar junto com o conteúdo do pequeno frasco marrom que geralmente estava numa prateleira alta em seu armário do banheiro. Ou que ia se levantar tão rapidamente que a cadeira cairia e, em seguida, bateria na pia e ficaria com dois hematomas logo acima da sobrancelha esquerda.

Tudo isso fiquei sabendo na manhã seguinte.

DEPOIS DO CAFÉ da manhã, Mirra continuou sentada à mesa lendo com a palma da mão no rosto. Tirei os pratos dela e de Ingemar junto com o meu e limpei as migalhas de pão grudadas na louça. Ingemar olhou com gratidão para mim por sobre seu jornal e se ofereceu para tirar o restante das coisas da mesa. Durante a manhã, veio à tona o fato de que eu nunca tinha ido a um jogo de hóquei e ele prometera me levar antes que acabasse o recesso de Natal. Mamãe tinha colocado a xícara de café em cima da máquina de lavar roupa. Quando esvaziou a secadora, virou de costas, tomou um grande gole e acendeu um cigarro. Minha garganta estava melhor, mas ela tinha coisas para fazer na cidade, então poderíamos muito bem passar na farmácia, pensou ela.

Mamãe me deu uma pilha quente de lençóis e toalhas perfumadas para levar para o andar de cima. No quarto principal, fiquei preso por um tempo olhando uma edição da *National Geographic* que estava aberta na mesa de cabeceira de Ingemar. No meu quarto, encontrei o bilhete onde havia escrito o nome do medicamento para a tosse e estava voltando para baixo quando o telefone tocou. Foram dois toques até que Mirra atendesse. Ela passou o telefone para a mãe e pareceu confusa quando nos encontramos no corredor perto da escada. Ainda estava com sua camisola listrada de amarelo e cor-de-rosa, com mangas muito longas, que ela às vezes levava até a boca e mastigava. Sentei-me na cadeira em frente ao espelho, dobrei o papel em minha mão num pequeno quadrado e depois abri-o novamente. Mirra olhou para as minhas mãos e perguntou o que eu estava fazendo. A próxima coisa de que me lembro é minha mãe cambaleando para fora da cozinha e sentando-se pesadamente à mesa da sala de jantar.

Durante o resto do dia, a sala foi se enchendo de gente. Alguns ficaram apenas um pouco, outros permaneceram até a noite. Bernie não tirou o paletó quando chegou. Encostou-se à mesa da sala de jantar e trocou algumas palavras rápidas com mamãe, sem se olharem nos olhos. Depois de um tempo, voltou e se sentou de joelhos na minha frente e de Mirra. Ele disse que ia ao hospital e queria saber se queríamos ir junto. Olhei primeiro para Mirra e depois para ele. Tentei imaginar como seria lá, uma enfermeira, uma cama, uma mesa com rodas e cortinas bege compridas. Balancei a cabeça, mas me arrependi quase imediatamente depois que ele foi embora.

Na semana seguinte, as pessoas continuaram a vir. Tios tocavam a campainha e entregavam sacos com comida kosher. Tias deixavam pratos de doces junto a uma série de instruções: aqueça até tantos graus, não se esqueça de colocar um pouco de creme, não deixe no congelador, pelo amor de Deus. Alguns entravam, sentavam-se por um tempo na cozinha e falavam sobre como eu era pequeno na última vez que tinham me visto.

Na parte da tarde, papai Moysowich liderava uma reza na sala de estar. Ele tinha trazido uma pequena caixa da Torá e algumas cadeiras da congregação. Eu e Mirra ajudamos a carregá-las e colocá-las na frente da janela em duas fileiras, uma à esquerda para os homens e a outra à direita para as mulheres. Lá fora encontrava-se escuro como breu. O jardim era uma mistura esbranquiçada de neve e água. As cadeiras eram suficientes apenas para os velhos e eu ficava em pé durante a cerimônia. Quando as coisas tornavam-se chatas, fazia caretas para Mirra. Uma tarde, no fim do serviço, comecei a rir enquanto fazia uma careta para ela. Mamãe olhou irritada para mim e ouvi pequenos suspiros que rapidamente se espalhavam pela sala. Levei as mãos à boca e tentei pensar em algo triste, mas isso não ajudou. Eu ria cada vez mais e, por fim, tive que ir para o meu quarto e me acalmar.

NO APARTAMENTO DE Mame e vovô, os espelhos estavam cobertos por lençóis. Todas as fotos de papai foram tiradas e eu não sabia se era um velho costume religioso ou se apenas não queriam ver o rosto dele por um tempo.

No dia seguinte ao funeral, Mame ficou na cama. Eu e Mirra nos sentamos, lado a lado, cada um em sua cadeira, próximos à cabeceira. O lábio inferior de Mame tremia e suas palavras vinham em solavancos. Quando me levantei para ir ao banheiro, tirou sua mão branca e fria debaixo do lençol e apertou com força o meu punho.

Vovô estava sentado com os braços cruzados em sua poltrona. Seu peito se movia lentamente para cima e para baixo. Uma das mãos batucava irritadamente contra o braço. Mirra fez algumas perguntas e ele respondia rapidamente, sem olhar para ela.

Nos próximos quatro sábados pela manhã, eu os encontrei na sinagoga para recitar o *kadish*. Vovô lia de seu *sidur* marrom. Era tão pequeno que conseguia segurá-lo com apenas uma das mãos. Vovô o trouxera durante a fuga para a Suécia, escondido num compartimento qualquer, e sobrevivera sem um arranhão. Durante a semana, vovô o guardava numa caixa de plástico duro numa gaveta do escritório.

No quarto e último sábado, não éramos mais do que uma dúzia de pessoas na sinagoga. Nenhuma mulher, apenas homens que ficavam longe uns dos outros, espalhados cada um em sua fileira. O sol só subiu depois de uma boa parte da cerimônia e de qualquer maneira era fraco demais para atravessar as janelas. Ficamos de frente para o compartimento da Torá, e quando voltamos para os nossos lugares vovô calmamente abaixou o rosto para o púlpito. O pequeno livro de orações caiu de suas mãos para as tábuas desgastadas. Eu o peguei e fiz o que deveria ser feito: beijei a capa onde estava gravada a estrela de davi. Vários dias depois, ainda achava que o gosto empoeirado permanecia em meus lábios.

Quando nos separamos naquele sábado, vovô nos entregou uma pasta plástica com quatro cartas. Uma para cada um de nós, mamãe, eu e meus irmãos, escritas em papel comum com um logotipo farmacêutico à direita.

Sentei-me no chão do meu quarto e li. A letra de meu pai era rápida e grossa, bem arredondada. No topo estava o meu nome, o nome judeu completo, e também continha o seu próprio e o do meu avô. Pude ouvir a voz de meu pai quando li, quase tão clara como se ele estivesse de joelhos ao lado da minha cama, com sua mão na minha testa.

Uma das últimas vezes que no encontramos tínhamos comido kebab. Um forte molho vermelho que escorria através do pão e do papel em cima da mesa. Nós nos sentamos um ao lado do outro, em bancos, de frente para a janela.

Papai sorriu quando sentiu minha perna saltar para cima e eu colocá-la em seu colo. Não era nada que eu tivesse controle, a perna ia para lá por si só, em todas as refeições. Ele balançou um pouco o pé e nós dois rimos enquanto ele, entre garfadas, imitava um paciente desagradável que teve no dia anterior. Eu pensava em como seu riso não morria imediatamente, mas permanecia por muito tempo em seu rosto. Também achei que a pele sob os seus olhos não estava mais tão cinzenta e que o cabelo novamente parecia mais grosso. Mesmo a voz, que, durante todo o outono, era fraca e hesitante, tinha a energia habitual quando me contou sobre os métodos usados por seus colegas para mandar pacientes difíceis para os outros médicos.

Eu visualizava a sala dos médicos quando ele falava, sentia o cheiro do café e do cigarro. Havia uma máquina de doces no corredor onde meu pai costumava me comprar pastilhas de alcaçuz salgado. Havia um telefone público verde na parede ao lado da máquina, e foi daí que imagino que seu colega tenha ligado.

Quase quatro meses se passaram desde aquela conversa. Ainda penso muito nisso, antes de adormecer, fantasiando sobre o que tinha acontecido. Ele saíra de carro para o trabalho como meu pai e voltara três dias depois como alguém que eu não conhecia, que não me conhecia. Desde então, a bem conhecida personalidade de papai só aparecia de relance e eu não tinha coragem de perguntar o que havia acontecido. Não queria lembrá-lo de nada que o fizesse se sentir pior.

Papai comia pepperoni com uma careta de emoções misturadas. Quando finalmente fiz a pergunta, ele tirou o pepperoni da boca e o colocou entre os restos de cebola, molho e gordura acumulada no papel fino de kebab. Ele disse que esteve prestes a fazer algo muito estúpido. Eu não tinha certeza do que queria dizer, mas não fiz mais perguntas.

Ele havia colocado a carteira em cima da mesa na nossa frente. Quando terminei de comer, folheei-a. O compartimento de notas estava cheio de recibos. Ele tinha um cartão Visa e um Gold Card da American Express, o qual era motivo de orgulho para ele. Uma versão miniatura da foto do porta-retratos estava presa na parte dos cartões. Mamãe sorrindo com Mirra no colo. Rafael com seus óculos de piloto. Meu pai sentado próximo a ele, e eu na frente, com um largo sorriso e os olhos arregalados.

Logo depois que devolvi a carteira, vi pela janela um professor da escola passar na calçada. Agachei-me rapidamente e levantei a gola do casaco para que escondesse meu rosto.

Fomos até o estacionamento em silêncio. O carro estava congelando, mas papai não ligou o motor. Palitos de fósforo usados estavam espalhados pelo tapete de borracha embaixo dos meus sapatos. Uma pastilha para a garganta tinha se enrolado num fio de cabelo e estava presa num canto, no câmbio da marcha.

— Mentir, Jacob, ser descuidado...

Papai mantinha as mãos apertadas. O molho de chaves na ignição sacudia toda vez que encostava nele.

— ... se esconder, varrer para debaixo do tapete...

As nuvens desciam sobre os guindastes do porto. O céu, a terra e o mar se fundiam num único tapete cinza. Papai se inclinou para a frente, tirou minhas mãos dos meus ouvidos, me obrigando a inclinar a cabeça.

— O mesmo erro. É sério, Jacob. Você entende o que eu estou dizendo?

Ele repetiu os avisos na carta. Apesar das circunstâncias, era uma narrativa muito positiva. Cheia de cumprimentos e elogios, e posso imaginar que às vezes deve ter sorrido para si mesmo quando escrevia. A única coisa sobre sua situação e o que estava prestes a fazer se resumia em uma frase ao fim da página.

Uma longa linha tinha sido rabiscada várias vezes. Bem ao lado, com um texto minúsculo, quase na margem, estava escrito: *Vocês vão ficar melhores sem mim.*

LEVEI A CARTA comigo quando saí de casa. Naquela época não a lia havia anos. Estava na pasta de plástico e cada vez que olhava para ela, pensava que ia lê-la quando fosse a melhor hora. Mirra, mamãe e Ingemar acenaram para mim da estação. Depois de três horas de viagem, precisei fazer uma troca de trem. Comprei um maço de cigarros na loja de conveniência e me sentei ao sol num banco. Esvaziei meus bolsos e a parte de fora da minha bolsa, para ver se tinha tudo o que precisava: passagem de trem, confirmação de que fui admitido no curso, cartão de telefone, papel com o número da pessoa que tinha me alugado um quarto.

Quando o trem chegou, estava tudo no meu colo. Juntei minhas coisas e corri pela plataforma. No último momento, fui parado por uma mulher de cabelos grisalhos que acenava com a carteira que havia esquecido. Enquanto a apanhava, vi a carta de meu pai caída no chão, embaixo do banco, mas não corri de volta para buscá-la.

O quarto que havia alugado tinha mesa, cadeira, cama, uma estante com livros dos cursos que minha senhoria fez e um pedaço de pano amarelo-avermelhado que estava preso à parede. Nos primeiros semestres ia para casa para as festas importantes, mas aos poucos comecei a dizer para mamãe e vovô que comemoraria com um casal judeu que conheci na universidade. Nas vezes que ia para Gotemburgo acontecia, cada vez mais, de não informar à mamãe nem ao vovô. Ficava com alguns amigos e evitava os bairros e as ruas onde eu poderia encontrá-los.

RAFAEL E PAPAI Moysowich sentaram-se à mesa da sala de jantar e leram algo do *sidur*. Mirra tinha ido com o vovô para o andar de cima. Antes que o serviço de transporte de tia Betty chegasse, ela deu uma volta ao redor da mesa e pegou todos os biscoitos que sobraram, colocou-os num guardanapo, e depois cuidadosamente os guardou em sua bolsa.

Vovô havia se afundado no sofá e olhava para a frente com os olhos semicerrados. Não tinha se mexido desde que sentara. Toda vez que eu saía, fosse ao banheiro ou levasse algo até a cozinha, ele me chamava de volta para o espaço ao seu lado no sofá. Eu gostava disso. Apesar da situação, eu ficava muito calmo ao sentar perto dele e sentir o calor do seu corpo. Ficava apreciando-o ali, com suas mãos grosseiras de macaco uma sobre a outra em cima dos botões da camisa, e tive o desejo de dizer algo agradável e lhe fazer um elogio. Esvaziei meu copo e estava prestes a colocar a mão em seu ombro quando ele se levantou. Encolheu-se entre a mesa e o sofá. Ingemar chegou rapidamente para ajudá-lo a ir até o banheiro no andar de cima. Quando vovô desceu, disse que já era hora de ir para casa.

Não teve pressa em colocar o casaco. Quando terminou de abotoar o sobretudo, agradeceu a Ingemar pelo dia com um aperto de mão apropriado. Abraçou meus irmãos, sacudiu a cabeça e acenou para aqueles que ficaram na sala de estar e depois se seguiram alguns segundos dolorosos antes de ele e minha mãe se decidirem pelo gesto de despedida.

Eu havia me oferecido para levá-lo para casa e estava completamente vestido na porta. As roupas coçavam, não me atrevi a tirar o olhar do chão enquanto vovô e mamãe hesitavam e, menos ainda, quando eles finalmente se abraçaram.

A última coisa que aconteceu, antes de partirmos, foi que vovô colocou sua mão no bolso do casaco e pegou um formulário. A porta da frente estava aberta, vovô estava de pé ao lado dela e recitava o conteúdo de cor enquanto deixava seus lábios trabalharem. A funerária precisava saber que recebemos as informações sobre as novas regras, que tínhamos conhecimento das circunstâncias práticas impostas e da importância de agir conforme as mesmas para o futuro da vida judaica em Gotemburgo.

Mamãe olhou para o papel e confirmou com a sua assinatura.

O PÁLIDO SOL de fim de inverno estava quase baixo. Um bonde sacudia sozinho na rua. A bengala do vovô raspava contra o cascalho úmido. Nós nos despedimos de Irene e viramos a esquina, passando pela tabacaria, ladeira acima, entrando pela porta gelada. Na porta de entrada do prédio estavam os restos de um adesivo que eu colara havia muito tempo. Linhas tênues de cola no metal marrom apontavam os pedaços que foram removidos. O corrimão da escada era um tubo longo e branco, que, em espiral, ia em direção ao primeiro andar. Vovô respirava com a boca aberta quando colocou a chave na fechadura.

O calor no apartamento era um contraste com a temperatura na escada. A lâmpada no corredor piscou e acendeu, uma luz suave sobre o carpete, as pinturas de Mame e os pequenos bichinhos de pelúcia na prateleira de aço presa na parede. Vovô colocou suas luvas na caixa diante do espelho. Tirou os sapatos com uma calçadeira, pendurou o casaco num cabide e colocou a bengala no balde de madeira ao lado da sapateira. Após ter lavado as mãos e o rosto, foi para o quarto.

O jornal do dia anterior estava dobrado no banco embaixo da bancada da cozinha. A pia e o balcão estavam vazios e imaginei que Irene havia passado por lá e feito faxina. A geladeira estava cheia de queijos, legumes em conserva e tigelas de plástico com tampas vermelhas e etiquetas bege descrevendo seus conteúdos.

Enchi um copo com água e levei-o para o vovô na cama. A luz do corredor brilhava no quarto. Vovô usava os cotovelos como alavanca para a parte superior do corpo. O copo de água tremeu e perdeu algumas gotas quando ele o apoiou na mesa.

A cabeceira da cama balançava contra a parede quando vovô se movimentava.

— Vovô... — eu disse, cutucando-o nas costas.

Ele inclinou a cabeça sobre o ombro.

— ... quando meu pai era pequeno — continuei enquanto vovô franzia a testa — ... ele costumava se deitar em suas pernas e falar com você?

Deitei-me no chão para demonstrar o que eu queria dizer. Vovô se moveu para o lado. Coçou com força o queixo. O olhar se alternava entre mim e o teto, e eu podia ver a falha em sua mandíbula superior, onde um dia houve um dente. Ele me pediu para eu fazer o movimento novamente e, em seguida, deixou o braço cair e beliscou minha bochecha.

— Não — respondeu. — Não lembro se ele fazia isso não.

Ele se virou de novo e logo sua respiração se tornou mais regular. Arrumei o lençol sobre ele e sequei a mesa de cabeceira com a manga da minha camisa. Voltei para a sala, toquei alguns acordes no piano e fui procurar fotos e cartas antigas na cômoda marrom-escura perto da janela. Não achei nada de interessante, e estava a caminho do corredor quando parei em frente da estante. Curvei-me até a prateleira mais baixa. A porta de plástico era difícil de abrir, mas o puxador respondeu com uma rapidez impressionante quando soltei a pequena trava que o segurava firmemente em sua posição. Quando retirei o disco da capa colorida, o plástico de proteção interna fez muito barulho. Através dele se via uma etiqueta verde e o texto *Melodi Grand Prix* em letras pretas e espessas.

O prato já estava girando. Segurando delicadamente o disco pelas bordas o deixei deslizar sobre o prato.

Epílogo

VOVÔ MORREU NA banheira num dia de verão, três anos depois. A recepção após o funeral se realizou no lar para idosos. Mame desceu de cadeira de rodas e se acomodou à ponta da mesa. Nada em sua expressão indicava que entendia por que estávamos reunidos ali. Coloquei minha filha de 8 meses em seu colo. Mame pôs bolo entre seus lábios, mas ficou irritada quando falei que a menina era sua bisneta.

Depois disso, fomos com Mame até o elevador. Uma mulher israelense de 45 anos nos levou pelo corredor. Dentro do quarto, levou Mame para uma poltrona e lhe deu três comprimidos que ela teve que engolir com um líquido vermelho-claro.

Mame cochilou por um minuto. Quando acordou, pediu desculpas por não ter nada para oferecer. Olhou cuidadosamente ao redor da sala, como se houvesse uma pequena chance de que, na decoração simples, em algum lugar tivesse escondido uma cafeteira ou um pote de biscoitos.

Seus olhos pararam num armário redondo. Ela levantou um dedo e me disse para abrir a gaveta de cima.

— Abre agora — disse ela quando viu que eu hesitei.

Três pastas verde-acinzentadas estavam uma ao lado da outra. Um elástico fino tinha sido colocado no meio de cada uma. Em cada capa estava o nome de uma empresa, impresso num estilo antigo com linhas finas.

A única coisa diferente nas capas eram os nomes que vovô escreveu no canto inferior direito.

Quando peguei a que estava escrito Jacob, caiu uma folha de papel. Mame pegou a pasta e apontou para um ponto no chão ao lado da cadeira, onde achou que eu deveria ficar.

Levou um longo tempo para que ela retirasse o elástico. Dentro da pasta havia uma pilha de papéis em vários tamanhos e de diferentes materiais. Uma lista de presentes que eu queria em um Chanuca, uma lista que tinha feito na terceira série com as dez canções de que eu mais gostava. Um teste de inglês do ensino médio e um monte de desenhos. Mame tirou um de cada vez, entregou-os a mim e me olhou em seguida, de baixo para cima, com uma expressão de expectativa no rosto.

— Foi meu neto que fez — disse ela.

Ela explicou cada desenho. Um deles ela tinha recebido quando fez aniversário. Outro era de algo que seu marido tinha pedido para o neto fazer. Ela contou objetiva e corretamente sobre as notas do ginásio de seu neto, os cursos de que participei e as namoradas que tive. Ela me pediu para pegar o papel que tinha caído no chão. Quando lhe entreguei, vi que era a obra do Rei Louie que ficava pendurada na parede de seu quarto. O orangotango segurando uma banana numa das mãos e olhando surpreso por cima do ombro. Mame olhou longamente para ele.

— Temos muito orgulho dele — falou, e me pediu para colocar tudo de volta na pasta.

Este livro foi composto na tipologia Sabon LT
STD, em corpo 10,5/15 e impresso em papel
off-white 90m/g² no Sistema Cameron da Divisão
Gráfica da Distribuidora Record.